妖し川心中

大川橋物語 2

森 真沙子

時代小説

二見時代小説文庫

目次

妖し川心中——大川橋物語2

第一話　三人の名付け親

一

その夜、酔ってぐっすり寝込んでいた鞍《くら》之《の》介《すけ》は、何かの物音にふと目を覚ました。

軒《のき》を吹き抜ける風の音がして、そのどこかに猫の声を聞いたような気がした。

（トラ吉か？）

いや、夜は猫を出さぬよう、飼い主のみおに言ってある。

この辺は川べりのせいか、春先から初夏に向かうこんな生暖かい夜は、盛りのついた野良猫の声に起こされることがある。

だが耳を澄ましても、もう猫の声は聞こえない。

「そばゥは、うまゥい……」

と夜鷹《よたか》そばの売り声が夜のしじまに響き、チンリン、チンリン……と屋台の風鈴の音を響かせて、ゆっくり通り過ぎて行く。

そば屋が通るのは大抵、自身番の木戸が閉まる四つ時（十時）少し前だ。おーい、という酔漢《すいかん》の胴間声《どうまごえ》が遠くに聞こえ、静かになった。

やおら鞍之介は起き上がった。

庭に人の気配を感じたのは、夢の中の出来事か。まだ頭がはっきりしなかったが、暗い床《とこ》の間《ま》に立てかけてある木刀を摑むや、廊下の外れまで摺足《すりあし》で走った。

引き戸の鍵を外し、裸足のまま庭に飛び降りる。

ヒヤリとした土の冷たさが背筋を走り抜けた。川の匂いのする夜気に、何かの花の甘い香りが溶けている。

闇を溜めた暗い庭の一点をじっと眺めてから、川風を防ぐための丈高い茂みに向かって、忍び寄った。

「そこにおるやつ！　出て来い！」

いきなり大声で呼ばわり、木刀を構える。

その途端、水を浴びたようにゾッとした。闇の底から突然、思いもよらぬ声が静寂を破ったのだ。これは猫か？

いや、火がついたように泣きだした赤子の声だった。

「ヒャッ、す、捨子《すてご》じゃ！」

提灯《ちょうちん》を手に駆けつけて来た助手の寸ノ吉《すのきち》が、太った体の奥からけたたましい声を捻り出した。眠気が吹き飛んだ鞍之介はその手から提灯を奪い取り、茂みの向こうに回り込んだ。

闇に翳《かざ》した灯りの輪の中で、赤子が力み返って泣いている。草の上に置かれた小さな布団が、その褥《しとね》だった。

反射的に鞍之介は辺りを見回し、垂れ込めた漆黒《しっこく》の闇を睨みすえた。誰か、いや、この赤子の捨て主が、闇の奥で自分を見てはいないか？　そんな気がしたのだ。

当節の江戸市中で、捨子は珍しくない。

爛熟期《らんじゅくき》を迎えたこの文政《ぶんせい》の世でも、町に裕福な人々は溢れているが、追い詰められて子捨てに走る貧者が少なくない。ただその多くは、人目につきやすい橋の袂《たもと》や、寺の境内、武家屋敷の門前を狙い、こんな貧乏骨つぎ院の前庭などは、珍しかった。

その時、ドドドッと廊下の雨戸を蹴破る音がして、足音が近づいて来た。木刀を手にした助手の文平《ぶんぺい》と、門番の和助《わすけ》だった。

「どうしたんで？」「いったい何事です？」

と口々に言うその声は、大きな叫び声に変わった。

「ややや っ、こんな所に捨子かよ！」

そこに、寸ノ吉の持ち前の大声がかぶさった。

「おいおい、変な声で脅かすな。赤子は震えてるぞ」

手を差し出そうとした一人は、その手を引っ込めた。おぼろな灯りの底で、赤子は小さな体をぶるぶる震わせて、泣いている。

「おお、よしよし、いい子だいい子だ……」

とあやしながら寸ノ吉が腰を屈《かが》め、布団ごと静かに抱き上げて揺すってやる。甲高《かんだか》い泣き声はピタリと止んだ。

「さあ、もう大丈夫、われはやっぱ男児じゃ、笑え笑え……」

言いながら寸ノ吉も笑い声を上げた。

目を見開いて夜空を見上げる赤子の無心な顔を見て、鞍之介は、ふと遠い記憶が甦った。母がお屋敷奉公で不在がちだった幼いころ、よく籠《かご》に入れられ、こうして天井を眺めていたような気がする。

そんな思いに押されて、我ながら思わぬ言葉を吐いた。

「よーし、このまま番所に連れて行くぞ」

自分も他の三人も独り身で、赤子には全く不慣れなのだ。この子がまた泣きだせば、手の施しようもなくなるだろう。

幸い駒形町《こまがたちょう》の自身番は近くにあり、木戸は閉まっても番所は夜間も開いている。そこに届ければ、乳が与えられる。こんな殺風景な男所帯に置いておくよりも、赤子にはずっと快適なはずだった。

「そうすね。ここは冷えるし、早いとこ預けた方がいいすよ」

と赤子を抱いたまま寸ノ吉が頷いた。

三月。宵の口まではどこかへ誘われて行きたいように大気が柔らかだったが、真夜中に近い夜気は冷たくて、大人でも体が冷えてくる。

「のう坊や、早《はよ》う乳の匂いのする所へ行きたいよのう」

言い終わった途端、寸ノ吉は顔を顰《しか》めて呻いた。

「やっ、こ、こいつめ……」

安心して気が抜けたか、赤子はお漏らしの最中だった。

二

この接骨院にお襁褓《むつ》はないが、それに代わる晒しの布は沢山ある。

鞍之介は文平にそれを取りに行かせ、ひとまず赤子を母家の座敷に運ばせた。寸ノ吉がぶつぶつ言いながらお襁褓を取り替える間に、自ら土瓶《どびん》に残った湯を茶碗にとって、ふうふうと冷ます。

匙で口に落としてやると、赤子は乳と間違えて夢中で吸いついてくる。落ち着いたところで布団に横たえ、ざっと体を見分《けんぶん》した。

どこにも疵《きず》はなく、栄養も行き届いた健康な男児だった。

身に纏っているのは腹かけ、お襁褓、木綿の襦袢《じゅばん》二枚、着物、古着の端切れをつぎはぎに縫ったお宮参り用の産着《うぶぎ》。その上を、弁慶縞《べんけいじま》の薄い子ども用の布団でくるんでいた。

どれも使い古されているが、清潔な物ばかりだ。

「うーん、生後十ヶ月から一歳ってとこか。しかし親御は、なぜこんな川っぺりの、薄ら貧乏な骨つぎ院の庭なんぞに捨てるかねえ」

鞍之介が、溜息混じりにぼやいた。

「おい、坊や、どこから来たんだ、名前は何ていう？」

この辺は野良猫や野犬も、市中より多いだろう。近くの浅草寺《せんそうじ》の草むらに捨てられた赤子が、野犬に食われたという話を、つい最近聞いたばかりだ。

するとと文平が、真顔になって口走った。

「また氷川堂《ひかわどう》の仕わざじゃないすか？」

『氷川堂』とは川向こうで開業する古い接骨院で、何かにつけあの手この手の嫌がらせを、商売敵《がたき》の名倉《なぐら》堂に仕掛けてくる。

「連中なら、うちの誰かが、どこぞの女に孕《はら》ませた子、とでも言い出しかねません」

「おいおい、お前、すごいこと考えるね」

と思いも寄らなかった鞍之介は笑い、

「しかし、あいつら、嫌がらせにネズミを庭に放つような、幼稚な連中だ。そこまで悪知恵が回るまい」

そして皆の目は、すやすやと眠り始めた赤子に集中した。

「早いとこ番屋へ行って、早く寝ようや。明日も早いぞ」

江戸幕府はこうした捨子を、手厚く保護していた。

捨子禁令は、五代将軍綱吉《つなよし》の生類憐《しょうるいあわ》れみの令に発して、百四十年。その〝お犬様愛護令〟ばかり喧伝されているが、もとは捨子・病人・動物の命を守る慈悲の令で、綱吉没後も連綿《れんめん》と引き継がれてきた。

武家地が六割を占める江戸では、警備のため辻々に置かれた辻番所が、今や八百九十九軒に及ぶ。

その守備内に捨てられた子は、その番所屋敷に引き取られ、まずは乳を与えられ、貰い人が現れるまで養育される。名乗り出た貰い人は、住所氏名職業など身元調査をし、加えて、周囲に乳の出る女がいるかどうかも吟味の上、証文を書かせ、養育料をつけて赤子を託す徹底ぶりだった。

町民地でも町ごとに自身番があり、武家地と同じ対応がなされる。

(連れて行くなら、情が移らぬうちがいい)

鞍之介がそう思って立ち上がった時、寸ノ吉が遠慮がちに言った。

「鞍先生、届けるのは明朝じゃだめなんすか？　坊はやっと寝ついたばかりだし、起こすのも可哀想です。わしでよけりゃ、朝一番に、抱いて連れて行きますよ」

「ああ、それは有難いが、乳を求めて泣きだすのは時間の問題だ」

「乳がわりに、次は重湯《おもゆ》にしますよ」

「や、寸ノさん、赤ん坊の扱い詳しいなあ。凄《すげ》えよなあ」

和助が悪気なさそうに、讃嘆の声を上げた。

「さっき抱いたら、ピタリと泣き止んじまった。もしや、すでに子持ちとか……？」

どっと皆が笑った。

「馬鹿！　いきなり何を抜かすか」

と言った時、襖がスウッと開いた。そこに立っていたのは、寝巻きに上着を羽織った、鞍之介の母十和《とわ》だった。皆はギョッとなって居住まいを正し、鞍之介が慌てて腰を浮かした。

「やっ、母上、起こしてしまいましたか」

「いえ、ずっと起きてます。お前様がたに任せてたら、この子はどうなってしまうやら心配で……」

と十和は寝起きの青白い顔に、微かな笑いを浮かべた。

「寸ノさん、せっかく子守りを引き受けてくれたけど、お世話はあたしがします。あちらに運んでおくれ」

「あ、いや、こちらで何とかするんで、母上は寝《やす》んでください」

鞍之介が慌てて言った。実は、赤子を早く番所に渡したい理由の一つは、気病みで伏せりがちなこの母を、余計に刺激したくなかったからだ。

「でも、お襁褓の世話が出来ますか？　お腹が空いても、お襁褓が濡れても、赤子は泣きますよ。その区別が分かりますか」

叱るように言うその青ざめた顔に、癇走《かんばし》った影が浮かぶ。

（おいでなすった）

と鞍之介は身構える。

十和は、渡し舟の転覆事故で長女を亡くしてから、時が止まったままである。たまにこうして言い募る中に、鞍之介は、その悲しみの度合いを押し測った。

そんな息子の思いをよそに、母はさらに声を尖《とが》らせた。

「こんな時分に、お前様も眠いでしょう。急ぐことはないから、届けるのは、明日になさい。それまで、あたしが預かります」

「おお、そうですか、それは有難い」

と鞍之介は逆らわずに言い、赤ん坊を小さい布団ごと持ち上げた。

「では早速、寝屋まで運びますよ。寸ノさん、重湯を頼んだよ」

三

翌日の午《ひる》さがり。

午前の診療を終え、昼飯を済ませた鞍之介は、番所に行くべく身なりを整えて、母の部屋に顔を出した。

番所には、書役《かきやく》として昼間だけ詰める、ごま塩頭の老役人佐方平兵衛《さかたへいべえ》がいる。以前は小普請組の御家人だったが、いつからか町の番所に雇われる身となっていた。

今はこの接骨院の常連客だから、赤子を連れて行けば、細筆で帳面に記し、いい貰い手探しに何かと便宜《べんぎ》をはかってくれよう。

「母上、坊やはいかがですか？」

障子を開け放した廊下に立って鞍之介が言うと、赤子の夜具のそばに座っていた十和が、つと立ち上がった。

「あ、鞍さん、ちょっと……」

と、十和はまるで赤子に聞かれるのを恐れるように、午後の陽の翳《かげ》った廊下に出て来た。

「実は、こんなものが見つかったんですよ」

差し出した白い右手には、紙片一枚と金子《きんす》四切れが乗っている。

先ほど女中のお春《はる》に手伝わせて、赤子を盥《たらい》で湯浴みさせようと産着を脱がせた時、身に着けていた産着の襟に、硬いものを見つけた。産着は、何枚もの小さな端裂《はぎれ》をツギハギした地味なもので、固めの布を重ねていたその襟中に、それが入っていた。

縫い目を解《ほど》いて取り出してみると、一朱金《いっしゅきん》が四切れ（小判一枚分）、忍ばせてあり、その一枚を包む薄い和紙に細い筆で一行、

〝子どもをどうか、よろしくおねがい申し上げ候〟

とのみあり、名前も何も書かれていない。その簡素な言葉使いは男とも女ともとれるが、やはり母親だろう。

捨子には普通、生髪《うぶがみ》や、臍《へそ》の緒《お》や、生年月日や名前を記した書付、守刀《まもりがたな》、手紙……などが添えられているものだが、この子には、背後を偲ばせるものは何もなかった。

「ふーん、自分が捨てた子を、拾ってくれか……」

その細い字を見つめて皮肉めいて呟くと、十和は手にした産着を差し出し、弁護す

るように言った。

「お前様、この〝つぎ寄せ〟の意味は、知っておいででしょう？」

「ツギハギの意味ぐらいは、承知してますよ。魔除けでしょう」

何しろ生まれた子の半分以上が、生後間もなく死ぬ時代、わが子の無事を祈る親心は切実だった。子のつつがない成長を祈り、古着の端裂を集めて産着を縫い、子に着せる風習は全国にあるものだった。

「そう、子を産んだ母は、無事に育った多くの先人達の古着を頂戴し、ツギハギして、力を授かるのですよ」

この産着にも、そんな悲願が込められていると言いたいのだ。

「しかし、そこまでした産着を着せながら、なぜ捨てるんですかね」

その産着を子に着せて捨てる矛盾に、若い鞍之介は白けてしまう。

「いえ、そこには、人知れぬ事情があるのです。実はこの私も、お前様を捨てたいと思ったことがある」

と厳しい口調で母は言った。

「でも多くの方から切れ端や共布を貰い、産着を作ったおかげで、ご利益《りやく》を頂きました」

それがお前様……と言いたげな口調に、鞍之介は苦笑した。

「捨てられる子には、訳がある。この子はほら、他に御守りをつけてはいない。小物から、身元が割れるのを恐れているんでしょう」

十和はどこまでも子を弁護したが、ふと気が付いたように言った。

「それよりお前様、捨て主に、何か心当たりはないんですか？」

「えっ、心当たり？　まさか……」

「でも何の意味もなしに、人様の家に子を捨てますか？」

「そんな奴、どこにもいますよ」

と言った鞍之介だが、ふと陽当たりのいい庭に咲く小手毬《こでまり》の茂みに目を向ける。母に言われてみて、これまでまともに考えもしなかったことが、ふと頭に浮かんだ。

駒形の自身番は、ここからさして遠くない。子を捨てるなら、人買いなどに拾われる危険の少ない、番所の近くが安全ではないか？　わざわざ垣根を乗り越えて、民家の庭に捨てたのは何故なのか？

（赤子を、この鞍之介に託した？）

ふとそう思い、まさか、と言下《げんか》に切り捨てた。だがもしかして、切羽詰まった者の、行きずりの行為か……とも思いを馳せた。

一色《いつしき》鞍之介は無名の骨つぎ師だが、名倉の名は江戸に轟《とどろ》いている。〝名倉なら治る〟という言葉があるように、骨つぎ名倉への信頼が、〝名倉なら何とかしてくれる〟という根拠のない希望に結びつくことも、あるのかもしれない。

しかし、一体誰が？　あのツギハギ産着が、目の中で踊った。あれをもう少し検討したら、何か分かるだろうか？

「母上、あの子をもう一日二日、ここに置きますかね」

思わず鞍之介はそう口にしていた。

「心当たりが何か？」

「いや。ただ母上に言われて、ちょっと気になって……。ま、番所に、捨子の届けは出しておきますが、もう少し、預かってくれますか」

「ええ、私は構いませんよ」

ほっとしたような母の声に、鞍之介は先ほどの紙片を懐《ふところ》に入れた。昨夜の寝不足でぼうっとしていた頭に、ようやく生気が蘇った。

桜も散ってうららした裏道を辿りつつ、考え続けた。

藁にもすがる思いで、この子を、自分に託した者がいる？　そんな思いが頭を去らないが、相手の顔も動機も全く浮かばない。

『竹《たけ》ノ家《や》』の前にさしかかると、使い走りの兵吉《へいきち》が、勝手口の前で掃除しているのが見えた。口笛を吹くと、すぐに駆け寄って来た。

「おかみさんいる?」

と小声で訊くと、兵吉はニコッと笑った。はっとして振り向くと、背後におかみが立っている。

「やっ、おかみさん、実は急用が出来て、悪いけど今日の飲み会を延期にしようと」

まあ、大げさな……とお島《しま》は、艶《つや》めいた声で笑いだした。

「構いませんとも。お相手は蘭童《らんどう》先生でしたね」

蘭童は今、ここからさほど遠くない鳥越橋《とりごえばし》の天文《てんもん》屋敷の近くに蘭学塾を構えていて、駒形までよく呑みに来る。

「七つ(四時)には来ようから、我が家へ回ってくれるよう伝えてくれますか」

「はいはい、ようござんすよ」

「ああ、せめておかみの顔が見られて、良かった」

と笑ってその場を離れると、そのまま大川橋《おおかわばし》に向かう。

河岸に桜が咲き連なる時期は人出が多く、恐ろしいほどだったが、今は、カタカタと響く足音も滞《とどこお》りなく流れている。橋の中央で足を止め、欄干《らんかん》に手をついて川面《かわも》を眺めた。晴れていても川面は冥《くら》い。

遠くに富士山が見えるのは珍しくないが、何だか久々に眺める景色のようだ。無心で眺めていると、先ほどの閃《ひらめ》きが現実味を帯びてくる。

その足で自身番に寄り、書役の佐方平兵衛に捨子の件を届けた。

「ただ、ちと心当たりがあるので、〝貰い手探し〟は少し待ってほしい」

と頼むのも忘れなかった。

四

「どうしたんだ、鞍、具合はどうだ？」

蘭童は、そう声をかけてずかずか書斎に入って来た。

紺と青の縦縞の小紋に薄茶色の羽織、下はいつもの渋い鉄紺《てつこん》色の袴という渋い装いだが、色白で長身の蘭童にはよく似合う。

どうやら竹ノ家で聞いた急用を、急病と取り違えたらしい。

〝鞍之介急病〟に驚いて名倉堂に駆けつけ、玄関まで迎えに出た女中のお春に、〝具合はどう?〟と訊くと、〝眠っている〟と答えたという。

お春は、奥で預かっている赤子のことと勘違いしたようだ。

「そうか、ははは、揃いも揃ってめでたい連中だね」

と鞍之介は笑ったが、内心はあたふたしていた。

「しかし、おぬし、どうも、やはり尋常ではなさそうだな」

つぎはぎ産着を畳に広げて、じっと見入っている鞍之介の異様な姿に、蘭堂は切長な目を瞠《みは》って言った。

「まあ、座ってくれ。頼みたいことがある」

まずは座に導き入れ、昨夜、突然発生した〝捨子問題〟について説明し、お前ならどうすると意見を求めた。

「ふーむ、捨子か」

「いや、捨子とばかり言うのも気の毒だ。今は親に捨てられた名無しの権兵衛《ごんべえ》だから、仮に捨丸《すてまる》とでも呼ぶことにしよう」

「捨丸か、うん、悪くない」

と蘭童は細面《ほそおもて》を顰め、腕を組んで言った。

「しかしおれならすぐ、最寄りの番所に届けるね。今の捨子は、昔と違う。お上に委《ゆだ》ねれば、乳を与えて手厚く保護してくれ、貰い手も見つけてくれる。もっともその養い親が問題なんだが、基本的には、我が子として可愛がる例が多いのだ。貧乏で何も出来ない親にはいっそ捨てられて、別の良運を拾う可能性に、おれは期待したい」

うん、と鞍之介は頷いた。

「おれより薄情なやつが現れてほっとするよ」

「薄情？」

と蘭童は聞き咎めた。

「おれのような貧乏書生は、自分一人が生きるのに精一杯だ」

老舗《しにせ》の呉服商『遠州屋《えんしゅうや》』の跡取り息子でありながら、自らを貧乏書生と呼ぶのは、一昨年父親が急逝した時、留学先の長崎《ながさき》から帰り、相続人の立場を弟に譲って、家を出たからである。

少年のころから読書や塾通いに明けくれ、商家の修業を怠ってきた。親族会議の末、相続放棄は受け入れられ、今は蘭学塾を開いて生計を立てる身だった。

「捨子を見たらまず拾え、だ。野犬や人買いの災厄《さいやく》から守るためにね。そして速《すみ》やかに番所に届け、保護してもらう。それが薄情か？」

「いや、異議なしだ。ただそう定石《じょうせき》通りには行かんてこと。こうして捨子を見りゃ可哀想と思うし、捨て主の事情を知りたくもなる」

「情を持ち出すと、ややこしくなる。情を捨てても、通すことは通す……それを薄情と言うなら、間違いなくおれは薄情者だ。人間、すべからく薄情であるべきだ」

「うん、おぬしのような生き方に憧れるがね。おれはどうも、そうはなりきれんところがある。現に今、この捨丸に興味を持ち始めている。その捨て主に、子を託されたような気さえする」

「おいおい、気は確かか？　なるほど骨つぎ稼業ってのには、どこか〝人助け〟の要素がある。だがそこの庭に捨てりゃ何とかしてくれよう、てな安易な子捨てには、異論があるねえ。むしろ、子を捨てる鬼の姿を人に見られたくなくて、通りすがりの家の庭に捨てる方が、まだましだ」

ずけずけ言われて、鞍之介はハハハ……と笑いだした。

「ま、どうであれ手がかりもなさそうだから、すぐに番所行きだがね」

そこへ寸ノ吉が、茶の支度を整えて入って来た。

「ああ、すまんね。赤子……あ、これから捨丸と呼ぶことにしたんだが、捨丸の具合はどうだ？」

鞍之介は、茶の入った土瓶を持ち上げ、二つの茶碗に注ぎながら問うた。

「はい、捨丸は重湯をたっぷり飲んで、すやすや眠ってます。さっき、泣き声が聞こえたんで、そういや猫のやつがその辺ウロウロしてたから、飛んでいくと、なに、坊やは人生で初めて見た猫なる動物と、キャッキャとじゃれてるんです。あの坊は、なかなかしぶといですぞ」

と寸ノ吉は笑って、部屋を出て行った。

「……で、おれに頼みたいことって何だい？」

勧められた茶を呑みながら、蘭童が話を元に戻した。

「ああ、そうそう、実はここからが蘭童先生の出番なんだ」

「へえ？」

「いや、お前んちは呉服商だったよね。であれば、このツギハギ産着のいわれは先刻、承知していよう」

と目の前に広げていた産着を、蘭堂の方へ押しやった。

蘭童の実家は『遠州屋』という老舗の呉服商で、先祖は遠江《とおとうみ》で開業していた。その地に家康《いえやす》が侵攻して支配下に置いて以来、徳川恩顧《おんこ》の政商となり、刀を許されたという。

「ああ、つぎ寄せってやつか。これは赤子の危うい命を守るための、一種の民間信仰かな。無事に生き延びた大人の古着の切れ端を集め、一針ずつ祈りながら作るものだ。知ってるのは、それくらいだが……」

蘭童は肩をすくめて、産着と鞍之介の顔を交互に見た。

「うむ、それで十分だ。今、この布切れをザッと数えたんだが、百片近くある。ただ同じ布や同じ種類の織物も多いから、種類は十種くらいかな。どうだろう、お前ならこの布切れから、何か割り出せるんじゃないかな？」

「何かとは？」

「いや、難しい問題じゃない。例えば地方から江戸に出て来た者なら、こうした寄せ布の中に、地元の木綿を多く入れたいと思うのが人情じゃないか？　例えば遠州者であれば、遠州木綿だ。すなわちこの中に一番多い布切れから、出身地を割り出せはしないか……と、まあ素人の当てずっぽうで考えたんだが」

蘭童に呉服の知識がなくても、その背後には、遠州屋がある。この際、その力を借りられないか、という言外の思惑もあった。

蘭童は、ただ熱心に産着を手に取って矯《ため》つ眇《すが》めつしていたが、何を考えたか急に頷いて、産着を丸めた。

「うむ、謎かけの意味は分かった。この産着をちょっと借りていいかい。時はたいしてかからんよ。なるべく早く、そう……明日には戻しに来る」

五

蘭童と入れ違いに、岡っ引の勝次《かつじ》が立ち寄った。

番所で、捨子の件を、佐方平兵衛から聞いて駆けつけたのである。鞍之介から改めて事情を聞くと、首を捻った。

「ふーん、春先はなぜか捨子が多いすねえ。今年はこれで三人め、捨子三号……略してこの子を三号と呼んでまっさ」

「捨子三号？　それは例年《いつも》より多いのか少ないのか？」

「いつもこんなもんでさ。しかし夜鷹そばが通った時分じゃ、まだ起きてたやつもいよう。誰か、赤ん坊の泣き声を聞いた者はいねえか、聞き回ってみますかね」

「いや、それはいらん。捨てたのが母親として、深夜に赤子連れの女であれば、駕籠で来たろうし……」

鞍之介は気のない返事をした。

「母親がしっかり抱いてりゃ、赤子はそう泣かないものだろう」

その夜、夕食の後、母の居室に赤子を見舞った。

十和の扱いがいいらしく、赤子はよく笑って上機嫌だった。

「赤ん坊って、母親かそれに近い人物がしっかり抱いてれば、泣かないもんなんですかね？」

と訊くと、母はとんでもない、と首を振った。

「逆に、母親がいると甘えて大泣きすることもありますよ。だから甘やかすと、大人が皆でご機嫌とらなきゃならなくなる」

と母は満更でもなさそうに笑っている。

そこへ寸ノ吉が、太めの体を揺すってあたふたやって来て、蘭童の来訪を告げた。

「えっ、もう？　明日じゃなかったか」

「なんだか、えらくご機嫌ですよ。ご実家から御酒《ごしゅ》を持って来たから酒盛りしようと。しかしこの刻限じゃ、台所に近い座敷がいいすかね？」

と寸ノ吉は、迷惑そうに言う。

蘭堂とはあまり仲が良くないのだ。こんな刻限に、突然やって来るのはいつものことだ。酔うと、太めの寸ノ吉を揶揄《からか》いだすのも、はた迷惑で不愉快である。

「いや、おれの部屋へ通してくれ。何か残り物の菜があったら頼むよ。お前も一緒に呑めよ」

言いながら鞍之介も台所に寄って、遠州屋という名入りの大徳利と盃を膳に載せて、部屋に向かった。

蘭童はすでに行燈《あんどん》の灯りを強くし、座布団にどっかり座っている。

「や、ずいぶん早いお着きだな。手土産付きとは、もしや朗報か？」

「御明察《ごめいさつ》。ちょっと分かったんで、前祝いだ。明日は講義があって、夕方になるから、少しでも早い方がいいと思ってね」

と、やおらあの産着を懐から取り出し、灯りの中に広げた。

「早速だけど、ほれ、この灰色の布切れを見てくれ。二十何枚もあって、全体のつぎ布の中じゃ、数が一番多い。おぬしの説によればここが肝心だ」

藍色、青、黒、白、縞柄、茶……とさまざまな色の布が縫い合わされている中に、灰色の布がところどころに混じっている。やや小豆《あずき》色がかった暖色系灰色である。

「これは遠目には無地に見えるね？　だがよーく御覧あれ。目を近づけると、ほれ、同色の細かい柄が浮き上がって見えるだろ。これが世に言う〝定《さだ》め小紋〟というやつだ」

「定め小紋？　ああ、聞いたことはあるが……」

うん、と頷いて、蘭堂はかいつまんで説明した。

花柄や縞柄など細かな模様が全体に入っていて、多くの色を使う多色染めを、ただ〝小紋〟という。

一方、全体に模様は入っているが、一色だけの一色染めを、〝定め小紋〟という。布には全体に精緻《せいち》な柄が入っているが、布も柄も同じ色である。これは品《ひん》は良いが、渋くて、昔は人気がなかった。

ところが江戸期に入って、その品の良さと渋さが買われ、武士の裃《かみしも》の柄に取り入れられ、爆発的な流行となったのだ。

その緻密な柄は日常着にも礼服にも通用し、しばしば出される幕府の奢侈《しゃし》禁止令に触れることもないため、公服に向いている。

そのため武士の〝粋《いき》〟で隠れたお洒落として、人気が出た。

将軍家や諸大名が、競って自藩の柄を定めたので、〝定め小紋〟と呼ばれるようになる。むろん他家や庶民の使用は禁じられた。

ちなみに代表的な定め柄といえば——。

五代将軍綱吉の〝松葉《まつば》〟、紀州《きしゅう》の〝極鮫《ごくさめ》〟、仙台伊達《せんだいだて》家の〝行儀《ぎょうぎ》〟、薩摩島津《さつましまづ》家の〝大小《だいしょう》あられ〟、肥後細川《ひごほそかわ》家の〝梅鉢《うめばち》〟など。さらに鍋島《なべしま》小紋、加賀《かが》小紋なども有名だ。

それらの柄はやがて、一般庶民にも広く流行する。柄を少し変えたり、多彩な図案生み出して、武士文化を町人文化にしたのである。

「……であれば、ここに使われてる〝灰色の定め小紋〟はどこのものなのか。あれから日本橋《にほんばし》の実家に、久しぶりに顔を出してさ。店の染め職人を摑まえて、聞き出したんだ」

産着を見せると、その道五十年の老職人が、手に触れて言った。

「ああ、これは萩島《はぎしま》藩千羽《せんば》家の〝乱萩《みだれはぎ》〟でさ。柄が精密なんで、なかなか偽せ柄が出にくくてね、なかなかの優れもんでっせ」

(萩島藩？)

それを聞いて、鞍之介の中で弾けたものがある。

頭のどこかに眠っていた一片の記憶である。今まですっかり忘れていたが、その名を聞いて、にわかに蘇ったのだ。

「萩島とは越後《えちご》の小藩だろう、確か江戸屋敷は赤坂《あかさか》にあるよね？」

「おお、知ってたか。上出来だ。そう、信濃川《しなのがわ》が流れる七万石の小藩だ。定め柄は〝乱萩〟で、布地と同色の小さな萩の花が全体に散っている。まがい物の乱れ萩はまだないそうで、藩士が実際に着用していたものという。断言は出来んが、捨て主は萩島藩に関係ありだ。もしかしたら萩島の出身者かもしれん」

「やったな、蘭童！」

鞍之介は感服《かんぷく》して思わず叫んだが、蘭堂は静まれと言うように手を振った。

「早まるな。曲がりなりにもおれは呉服屋の倅、このくらいのことで誉められたくない。氷山の一角が分かっただけで、大海に小島を見つけたようなもんさ。染め職人が酒好きだったのが幸いして、どんどん思い出してくれた。これは三本出した徳利のうちの、残りの一本」

蘭童はその大徳利を袖で隠して抱え、駕籠を走らせて来たという。

「まずは駆けつけ一杯だ。おお、寸ノさんも付き合え」

寸ノ吉は酒肴《しゆこう》の膳を運んで来て、そのまま座り込んで、広げた産着を珍しそうに覗き込んでいたのだ。

六

「捨丸が、萩島出身らしいことを祝して！」

鞍之介が音頭を取り、それぞれ湯呑み茶碗の中味を呑み干した。

「さて手がかりは見つかったが、ここから先をどうするかだ。お前、萩島藩に、知り合いはいないのか？」

と蘭童に問われ、鞍之介は首を傾《かし》げた。

「知り合いはいないが、調べようで何とかなるかもしれん。うん、ただ、前途遼遠《ぜんとりょうえん》ではあるね。少し訊いてはみるが、果たしてどこまで押さえられるか……」

晴れやかな気分は次第に遠のいて、座は沈黙気味になった。

「あのう、鞍先生、話はちと違うけど……」

と何を思ったか、酒が回った寸ノ吉がひょっこりと口を挟んだ。

「捨丸という名より、捨吉の方が縁起が良くないすか？　わし、聞いたことありますよ。捨子や獄中で生まれた子には、何かしら名前をつけるけど、大抵は吉のつく名前にするんだって……」

「なるほど、縁起担ぎね。ただ捨吉も悪くないけど、おれは捨丸を推したいね。牛若丸とか、本丸とか、何か格好いいじゃないか。おぬし、寸ノ吉の〝吉〟で、何かのお陰をもらってるかい？」

と蘭童が揶揄い半分で言い出した。

「いや、何もないすよ。名付け親はうちの婆ちゃんだし。寸と吉じゃ、何だか相性が悪いみたいで」

「いや、そんなこたあない。寸とは〝ちょっとしたもの〟って意味だ。寸暇、寸志、寸評、寸劇、寸鉄人を刺す……。寸は、小さくて鋭く深いものを意味する。婆ちゃんは、そんなピリッとした男になるよう願ったんだろう」

と蘭童が余計なことを言い、つい鞍之介は笑った。だがムッと頰を膨らませた寸ノ吉を見て、急に思いついた。

「そうだ、捨丸は改めて、この寸の字を貰おうじゃないか」

酔った勢いで鞍之介が提案すると、蘭童がすかさず言った。

「うん、それはいい。坊に一番懐かれてるのは、寸ノさんだしね。鞍之介からも一字貰って、寸之介はどうだ?」

「スノスケ? 落語に出て来そうな名だな。おれはいいよ」

鞍之介が辞退すると、蘭童はまた考えて言った。

「じゃ、寸ノ三郎はどう?」

「ああ、三郎はいいけど、ただ何番めの子だろうか? 仮に長男であったら、三郎とはこれいかに」

「八男に生まれながら、九郎判官義経《くろうほうがんよしつね》と名乗るがごとしだ」

「え？　義経は、源　義朝《みなもとのよしとも》の九男じゃないのか」

「八男らしいぞ。ご先祖に鎮西八郎為朝《ちんぜいはちろうためとも》がいるから、遠慮して九郎にしたとか。第一、八郎判官義経じゃ、迫力に欠けようが」

　このやりとりに座は笑いに包まれ、名前談義はうやむやになって、蘭童は腰を浮かした。

　武術にはからきし弱い蘭童は、飲み過ぎた夜は泊まることが多い。だが駒形から鳥越橋までは一本道で、番所が六ヶ所あるという。だから間に合えば、木戸が開いている内に帰って行く。

「まあ、一応手がかりは出来たわけだから、改めて次を考えよう。明日か明後日にまた来るよ」

　と言って帰って行く蘭童を玄関まで送った。

　部屋に戻ると、しばらくして雨の音がした。

　鞍之介はそのまま座して、長いこと独《ひと》り杯を傾けた。

　実を言うと、萩島藩の名には忘れられない思い出があった。あれは鞍之介が駒形に来る少し前だから、もう数年前になろうか。助手から代診になり、仕事がおもしろくてたまらなかったころの話だ。

その日も、千住《せんじゅ》名倉の待合室には大勢の客が溢れていた。

そこへ一人の武士が、ふらりと玄関に入って来たのである。

二十四、五だろうか。地味な小紋の着物に紺地の袴、腰には大小をさして、目立たぬ出で立ちだが、面差《おもざ》しは華奢《きゃしゃ》で青白く、優美な眉に、細く長い目をした美しい若者だった。

ざわついていた待合室は、何となくシンとなった。

それは若者の左の肩が少し下がり、左右が不均衡《ふきんこう》で、どこか異形《いぎょう》な感じのする体型のせいだった。だがその印象は物静かである。

受付で刀を渡し、四十三番の下足札をもらうと、客が優に五十人は入れそうな待合いの入り口に立った。

そこからは、一人の患者に二人掛かり、或いは三人掛かりで挑む活気ある治療場が見え、その武士は形のいい眉を上げ目を見開いて、興味ありげに見入っていた。

なぜ鞍之介は〝四十三番〟と覚えていたか。名倉では診察の順番に武士と町人の区別はなかったが、先に番が来ると気がねして、武士に譲ろうとする町人がいつも一人二人いた。この時も譲られそうになり、武士は、〝いや〟と言って四十三番の札をかざして断ったのだ。

そして立ち上がって外に出てしまった。玄関の横にある四阿《あずまや》にも、待ち席があった。だが、そのうち外が騒がしくなった。

入って来た客の話では、どうやらあの侍が誰かと揉めているらしい。また順番の問題かと、ちょうど治療を終えた鞍之介は、様子を見に外に出てみた。

門と玄関の中間あたりで、あの武士が数人に取り囲まれて、何か押し問答をしている。男たちはしゃんとした羽織に馬乗袴で、低い声でのやりとりや、こなれた素早い動きから、どうもその若い武士の家来衆に見えるが、それにしてはどこか威圧的である。

「四十番から四十五番の方ァ、お待たせしました」

とっさにその時、鞍之介は大声で呼ばわった。それは嘘だったが、取り囲む男どもから穏便《おんびん》に引き離そうとしたのだ。

「そこのお武家様、四十三番でしたね？　どうぞ！」

ほっとしたように玄関に向かった武士は、また引き戻され、

「下がれ！」

と初めて声を発した。

吃《ども》りがちな掠《かす》れ声だった。だが男どもは、無言で外の通りに止めてある駕籠の方へ、武士を誘導し始めたのだ。

「ちょっとお待ちを」

鞍之介は叫んで、その間に割り込んだ。

こんな騒ぎは日常茶飯事で、相手が武士だからといって怯《ひる》みはしない。鞍之介に限らず名倉の者たちは皆、楊心流《ようしんりゅう》柔術《じゅうじゅつ》を習得し、その他に小太刀や居合の一つ二つこなしたから、やる気満々である。

「四十三番様は、あちらで刀をお預かりしております」

すると頭《かしら》らしい武士が部下に、刀を取って参れと顎でしゃくった。

「いえ、刀のお引き取りだけは、ご本人様にお願いしています」

「つべこべ申すな、急いでおる、どけどけ！」

骨つぎ風情《ふぜい》が……と言わんばかりに、鞘《さや》に入った刀を水平に持ち、部下の通行を邪魔させぬよう、鞍之介をぐいぐいと押してくる。

思わずその端を摑んで押し返すと、相手は力のやり場を失って転びそうになった。男がかっとなって刀に手をかけた隙を見て、四十三番の武士は医院の中に駆け込んだ。

追いかける男らの前に鞍之介が立ちはだかったが、隣にはいつの間にか、先輩の杵《き》塚尚三郎《ねづかしょうさぶろう》が並んで立った。両国《りょうごく》から治療に来ている若い取的《とりてき》らも、周囲に姿を現していた。

七

奥で対面した直賢《なおかた》と武士の間に、どんなやりとりがあったか、鞍之介は知らない。

だがそこそこの時が流れた。

少なくとも四半刻（三十分）近くたってから、武士は部屋を出て、待たせていた駕籠に乗り、待ち伏せしていたあの連中に囲まれて帰って行ったのだ。

直賢が認めたその日の診断書と請求書は後日、〝萩島藩江戸屋敷町方差配〟まで届けられた。

その使いを仰せつかったのが、最年少の鞍之介だった。

まずは赤坂の萩島藩上屋敷まで出かけ、門の番所で直賢から託された封書を渡した。

すると別玄関から待合の間に通され、町方差配の中河三九郎《なかがわさんくろう》と会ったのである。

肉厚な瓢箪型《ひょうたんがた》の顔をした中河は、笑みを浮かべて先日の礼を言い、紫色の風呂敷に包まれた箱の上に、金子の包みを添えて差し出した。

「若は、骨つぎ名倉の治療場をご覧になり、たいそう喜んでおられる。これはほんのお礼でござる。直賢どのによろしく伝えられよ」

「……承りました」

若？　鞍之介は呆然として、それしか言えなかった。〝若〟と呼ばれたあの美しいが影の薄い若者は、この萩島藩七万石のご世子《せいし》（世継ぎ）なのか？

渡された物はすべてそのまま持ち帰った。直賢の命《めい》を得て開いてみると、萩島藩の御用菓子司『東雲屋《しののめや》』の高級菓子の箱に、和紙に包まれた小判二両が添えられていた。

宛名は名倉直賢、差出人は千羽一豊《せんばかずとよ》とあった。

当時の藩主は千羽仁左衛門《にざえもん》。そして一豊はその嫡男《ちゃくなん》の名で、つまりあの若者である。

何だか一幕芝居でも見たような半信半疑の心地だった。

といってその後、その事情を特に確かめもしなかった。毎日押しかける患者の対応に掛かりきり、そんな余裕はなかったのだ。

蘭童が帰った翌日の昼下がり、鞍之介は、駒形から舟で今戸《いまど》まで行った。そこから北へ向かう街道を辿り、山谷《さんや》浅草町《あさくさちょう》、小塚原《こつかっぱら》を通って千住大橋を渡った。千住宿の北の外れの名倉本院には、八つ半（三時）ごろに着いた。

「親爺《おやじ》どのはご在宅かな？」

汗を拭きながら、冠木門《かぶきもん》の前にいた馴染みの門番に尋ねると、

「やあ、鞍先生、お久しぶりです。今日は、相撲の道場開きに招かれての。今は酒は控えていなさるで、日のあるうちにお帰りになりましょう。へえ、遅くはならんと思うから、少し待ってみんさい」

門の外に鞍之介も出て、遠くに目を凝らす門番に並んで、前を見たり後ろを見たりした。春の午後の風が、この江戸の北の外れの宿場町を吹き抜け、砂埃を舞い上げていた。

名倉流正骨術の業祖《ぎょうそ》・弥次兵衛《やじべえ》直賢も、すでに七十八。

〝千住の弥次兵衛様〟と長く親しまれたが、還暦《かんれき》のころから名倉家は長男に譲り、弥次兵衛の名は日本橋に開業した三男に与えられた。自らは〝素朴《そぼく》〟と号し、風流の道に親しむ悠々自適の日々。

……のはずだったが、実は今も治療現場で、指揮をとっている。

というのも本家を背負った二代目は、未だ若い時分の無頼《ぶらい》の血が収まらず、しばし

ば何日も家を開ける。帰って来ては妻に殴る蹴るのご乱行が、直賢の逆鱗《げきりん》に触れたのだ。

「お前は箸にも棒にもかからん輩《やから》よ、もう二度と帰らんでよい」

と、今は穏やかになった〝素朴〟こと直賢に、言わしめた。

そして三代目に据えるべく、大急ぎで仕込んだのが、初孫の勝介《かつすけ》だった。その孫も今は十七歳。祖父の血を引いて勘が良く、義俠心《ぎきょうしん》に富んだ、将来が楽しみな骨つぎ師に成長していた。


「おっ、誰かと思ったら鞍じゃないか！」

とそこへ通りかかって、親しく呼びかけて来た者がいた。大先輩の杵塚尚三郎で、今は五人いる代診の長として重責を担っている。

「や、先輩、お久しぶりです。ちと師匠に伺いたいことがあって来たんですが、最近はどうですか？」

と師匠の近況を問うと、尚三郎は苦笑しながら、最近また酒量が増えたようでねえ、と案じる口振りだった。

「しかし、せっかくおぬしの顔を見たんだ。おれで分かることなら、どうだ、そこらで一杯やりながら聞いてもいいぞ」

帰りを急ぐ鞍之介には、それは得たりや応の誘いである。

「ご迷惑でなければぜひ……」

この先輩なら、師匠から大概の話を聞いているはず。杵塚は、門番に行き先の店名を告げてから、肩を並べて門の外へ歩み出た。

この道の両側には、まばらながら飲食店が並び、店と店の間には、名も知らぬ丈高い雑草が繁茂《はんも》している。

そんな午後遅い大通りを少し行って、路地を右に折れ、勝手知ったる居酒屋の、入れ込み座敷に陣取った。店内はがらんと空《す》いていた。

この近くを流れる川は荒川《あらかわ》で、川べりの畑地は〝名倉田んぼ〟と呼ばれる名倉家の耕地で、秋には作物がよく穫れる。

杵塚は湯豆腐を迷わず注文した。いささか季節外れだが、ここの豆腐は鞍之介の大好物だったのだ。鍋を挟んで酒で喉を潤すや、鞍之介はいつぞやの萩島藩の若君の話を持ち出した。

ああ、覚えてるぞ、と杵塚は大きく頷いた。二人で玄関前に立ち、あの若君の〝名倉訪問〟を警護したのである。

「あれからもう五年になるのか。あのお方は、千住名倉《うちち》に来たお客の中でも、北斎《ほくさい》先生や文晁《ぶんちょう》先生に並ぶ賓客《ひんきゃく》だったよ」

「しかし、あれは一体、どういうことだったんですか？」

「今ごろ、何でそんなことを訊く？」

と杵塚は物問いたげに、ぎょろりとした目を向けた。

「ああ、それに関係あるかどうか分からないけど、実は……」

と鞍之介は肩をすくめ、一昨日の夜、我が家の庭に赤子が捨てられていた話をした。

「捨子？　それなら、番所に連れて行った方が早かろう」

「ところが手がかりを探すうち、赤子が着ていたツギハギ産着の布片に気が付いたんです」

その産着には、萩島藩の〝乱萩〟が多く使われており、いつぞやの若君が浮かんだのだと訴えた。

「なるほど……ただあれから五年の間に、萩島藩の事情はずいぶん変わったぞ。まるで政変でもあったような千羽家の悲劇を、おぬしはどこまで知っておる？」

杵塚は盃の残りをあおって、目を剝いた。

「あの後に父君が急逝し、あの若君が藩主になったんでしょう」

「うん、そこまでは、おれが教えた」

「藩主となられてから、お世継ぎを授かったんですね？」

「むろん授かった。だがその直後に、かの一豊公が亡くなった」

「えっ、ほんとですか」

あの若く美しく、だが肩が不自然に傾いた一豊が、鮮やかに瞼《まぶた》に浮かんだ。

「一豊公が事故に遭って亡くなったのは、つい最近……今年の正月だったらしい」

「若君は師匠と会った時、何を話されたんですか？」

うむ、と杵塚は頷き、迷わず答えた。

五年前、診療部屋に駆け込んで来た若者は、萩島藩上屋敷にいる千羽一豊と名乗り、骨つぎ名倉に弟子入りさせて頂きたいと言ったと。

最新の医療を受けられなかった萩島から出府《しゅつぷ》して、名倉の活躍を知り、自分も骨つぎ師になりたいと思ったらしい。

直賢は、美しいが不均衡な肢体をした武士の話を聴き終えるや、

「千羽一豊どの、藩主仁左衛門公のご世子ですな」

と言った。ええ、まあ……と曖昧《あいまい》に言う一豊の顔を見て、この若君はお世継ぎであることが嫌なのだ、と察したという。

もう何十年も前、新進の接骨医として世に出て以来、参勤交代で出府してくる諸大名から、屋敷への往診の依頼が殺到した。

その中の一人の大名を、直賢は思い出していた。知人を介して往診を依頼してきたこの藩主は、萩島藩の千羽公で、内容は、まだ元服《げんぷく》前の嫡男の病のことという。

だがその病は本道《ほんどう》（内科）に属していたから、外道《げどう》（外科）の直賢の手には負えないと、往診には至らなかった。

この弟子入り志願の若者は、あの藩主の嫡子と思われる。一方の肩が下がり平衡を欠いた体形が、仲介者が語った体形と一致していた。労咳《ろうがい》等によって上葉《じょうよう》（肺）を蝕《むしば》まれ、肩を支えられなくなった結果と見られる。

結局、若君の体は治らなかったが、新進の骨つぎとして活躍する名倉に、特別の憧れを抱いていたようだ。

当時、名倉流骨つぎへの弟子入り志願者は、後を絶たなかった。

その好例が、今は古い友人で、今も活躍中の画家、谷《たに》文晁だった。

しかし直賢は断った。まだ無名ながら、優れた画《え》を描きつつある画家が、その天分を投げ打つほど、我が骨つぎは偉大であるかと考えたのだ。それがきっかけで、二人は生涯の友となった。

今、弟子入りを請うこの若君の背景には、何か切迫したものがあったようで、その明眸《めいぼう》には、屋敷には帰るまいという意志が仄《ほの》見えていた。

だが自分の言い様一つで相手は、藩主という〝天職〟を捨てんとしている。一骨つぎ師に過ぎぬ自分が、軽々《けいけい》に若者の、人生の選択に加担するわけにはいかぬ。そう考えて訴えを断り、〝天命に耳を傾け、まずは授かった運命と切り結んでみてはどうか〟と諭《さと》した。

じっと聞いていた一豊は、美しく笑って頷いたという。

八

あの時点ですでに萩島藩は、後継者争いに火がついていた。

若君は骨つぎ師になることで、その壮絶な争いから降りたかったのだろう。仁左衛門実方《さねかた》と正室お蓉《よう》との間に生まれた一豊は、元服前に患った病のせいで、右肩が不均衡だった。

その容姿は、衆目《しゅうもく》にさらされる藩主にはふさわしくない、という無言の主張が藩の有力者に多かったのだ。

だが父君は物静かで才あるこの子を愛し、世子と定めた。

その一つ下に丈輝《たけてる》という弟がいた。実は半年早く生まれていたが、妾腹《しょうふく》だったため弟とされたが、堂々たる健康優良児だった。

長じては商才に富み、地元の染色や紬《つむぎ》を江戸に売り込むことに腕を振るった。また、国許で信者を集めている尊い明神《みょうじん》様を、江戸に迎えて萩島藩の名を広めんとする運動の先頭にも立っていた。

その丈輝を支持する家臣が多く、病弱を理由に一豊を藩政から遠ざけようと謀《はか》ったが、藩主の急逝で、一豊はその遺言に従い藩主となったのだ。

だがその五年後、一豊は思わぬ事故に遭い、謎の死を遂げた。

一豊には男児が一人いたが、まだ一歳に満たないため領主の任務を果たすのは無理である。そこで国家老は、弟の丈輝が当面は領主として政務を執ることとし、幕府の了承を得たという。

杵塚の話を聞き終えた鞍之介は、今夜また訪ねて来る蘭童にそれを伝えることを考え、このまま帰ろうと思った。その時、

「お前、この後、師匠に会っていくよな？」

と杵塚が案じるように言った。

「黙って帰っちゃまたご機嫌悪いだろう」

「ああ、もちろんそうします」

言って顔を上げた時、開け放った戸口の暖簾《のれん》の向こうにすでに夕闇がたちこめていて、そこに誰かがぬっと立った。

頭を下げながら入って来たのは、若手の助手の一人だった。

「いま親爺様が帰られました。一色先輩がこちらに見えてると伝えると、顔を見せろとのお言葉で……」

杵塚と鞍之介は顔を見合わせて笑い、これをしおに立ち上がった。


「なに、捨子を拾ったと？」


直賢は手にした湯呑みを、一瞬口の前で止めた。

すでに小ざっぱりした浴衣《ゆかた》に着替え、自室の縁側の戸を開けて、縁側に運んだ膳で女中の酌《しやく》をうけていた。

上機嫌な様子で迎えてくれた直賢は、燭台の灯りで見るせいか、少し痩せたようだが矍鑠《かくしやく》として、咲きだした遅咲きの桜に案内してくれたりした。ソメイヨシノが咲き終わってから、半月ほどして花開く八重桜である。花びらを幾重にも重ね、モクモクと枝に嵩張る様は少々暑苦しいが、ちょうど花が途切れた季節を妖艶《ようえん》に彩るので、花見酒と称して、よく呑んだものなのだ。

どうだ、母御は元気か、と問われるまま十和の近況を話し、杵塚にせき立てられ本題に入ったところだった。

「その赤子に、何か心当たりはあるのか?」

「まさか。ただ、ちょっと気になることがありましてね」

と医に携わる者として捨子の産着を検めるうち、萩島藩の名が浮かんだいきさつを話した。

「それで杵塚先輩に、藩の近況を伺っていたようなわけで」

なるほど、と直賢はしばらく何か考えていた。

「ところでその赤子は今どこにおる?」

「今ですか。ええ、母上が面倒見てますよ。貰い手が見つかるまでと言ってあるけど、可愛いがっています」

「うむ」

とさらに何事か思い巡らしていた直賢が、目を上げた。

「ところでおぬし、萩島藩の町方差配を覚えておるな」

「はい、中河三九郎様ですね。一度赤坂の藩邸まで伺って、東雲屋の高級菓子を頂いたんで、よく覚えてます」

「その中河どのが、先日、この千住の田舎まで見えられたよ」

「えっ？」

「前藩主が逝去されてから、差配を辞して、もうすぐ国に帰られるという。いや、表向きは、腰痛の治療だったがのう。あの時の騒動について、一言、詫びたかったようだ。当時、あの若君のお世継ぎ問題が姦《かしま》しくて、中河どのは事件を恐れるあまり、若君の外出は認めなかった。自分のそんな締めつけが、ああいうことを引き起こしたと。だが藩主となられた若君は、解放感もあってか外出が多く、護衛は少なくされた、その油断が命取りになったと……」

　斜めに傾いた肩を揺するようにして歩く姿が、目に浮かぶ。

「一豊公亡き後の萩島藩は、誰が敵か味方か分からぬ混乱状態らしい。差配どのはそれに責任を感じておられ、国に帰るという」

「そうでしたか」

「ところで奥方だが、殿の最後を看取ってから、お子を連れてどこかへ身を隠したらしい。萩島におられるか江戸に帰られたか、今は消息不明、生死さえも不明だそうだ

「……」

　喉を潤すように湯呑みの残りを呑み干した直賢は、〝どう思う？〟と問いたげに、強く見返してくる。

「中河様もお分かりにならないのですか？」

「そのようだ。わしが聞いたのはそこまでだ。その赤子が若君とは信じ難いが、あり得ぬでもない」

　闇の中で咲き誇る桜の妖気《ようき》を感じ、鞍之介は軽い身震いをした。

「お前、やる気らしいが、命がけになるぞ」

　直賢の発する謎かけを、朧《おぼろ》に察しはしたが、その解明は鞍之介には荷が重すぎる。中河差配が分からぬことを、自分に分かるはずがないのだ。

「いえ、赤子が手元におりますんで、少し考えてみただけです。この件では、またお世話になるかもしれませんが、その時はよろしく頼みます」

　ひとまずそう答えた。

　名倉家を出た時は、満月に近い朧月が東の空に上っていた。

九

「お帰んなさいまし、あれま、ちょっとお待ちを……」

玄関まで迎えに出て来た女中のお春が、鞍之介のくたびれた様子と汚れた足を見て、慌てて引っ込んだ。

帰りは直賢が呼んでくれた駕籠で街道を浅草に向かい、少し手前の今戸で、舟に乗り換えた。少し川風に吹かれたかったのだ。

波にうねる冥い川面を眺めるうち酔いが回って、ぐっすりと眠り込んだまま駒形に着いた。

お春がぬる湯の入った桶を持って来て、三和土《たたき》にしゃがんで足を濯《すす》いでくれ、やっと地上に降り立った気がした。

「ああ、捨丸はどうだった？」

「いい子にしてましたけど……」

お春は思い出したように、洗った足を雑巾で拭きながら、上目使いで言った。

「旦那様が出かけられてから、変なお客さんが見えたんですよ。玄関でしきりに奥を覗いて、先生はご在宅かと。主人は外出中だと答えると、帰るまで待たしてもらうと……」

強引に玄関横の座敷に上がり込んだ。それを見ていた寸ノ吉が応対に出たが、〝御主人が帰ったら話す〟の一点張り。

齢は六十前後。町人ふうの粗末な身なりをして、白髪混じりの総髪で、痩せ気味の難しい顔をし、脇差を左側に置きじっと座っている。

もしかして捨子をダシに金をせびる悪党ではないか、こんな時に赤子が泣きだしたらどうしよう？　お春はそう恐れるあまり、寸ノ吉と相談して、捨丸をこっそり別の場所に移したというのだ。

「春！　そんなことはもっと早く言うもんだ！」

と鞍之介は珍しく怒鳴り、〝この馬鹿が〟の言葉を胸下三寸に抑えて立ち上がった。

「別の場所とはどこだ？」

「お向かいの『舟徳《ふなとく》』さんですよ。今はもう迎えに行って、奥においでだけど……」

「じゃ捨丸には、寸ノ吉が付きそっているんだね？」

「はい、お乳は先ほど、私が飲ませました。あ、いえ、ご近所に母乳の出る方が二人おりましたんですよ。それで頼んでおいて、貰い集めて来たんです」

「有難う、よくやった」

それでやっと安堵の息をついて、上がり框《かまち》に立った。

「さて、ところで蘭童は来たかい？」

「はい、蘭童先生からはお使いがあって、今日はご都合が悪いんだとか。明日の夕方にお見えになるそうです」

「よし分かった。で、そのお侍はどうした？」

「実はあたし、すごく怖かったんで、勝次親分さんに訴えたんですよ」

「訴えた？　番所まで行って？」

「ええ、怖かったんです。親分さんは、最近この辺をうろついている浮浪者に違いないと、すぐ来てくれました。捨子事件があったばかりだ、ここはまかしてくれ……とか言って」

すぐ座敷に踏み込んだところ、抵抗しなかったので、番所にしょっ引いて行ったという。

鞍之介は真っ青になり、いま脱ごうとしていた軽杉《かるさん》を再びまとい、夜の帳《とばり》の中へと飛び出した。この怪しい商人ふうこそが、捨丸の謎の鍵を握る重要人物だと、推測していたのである。

だが番所には、もう親分も役人もいなかった。浮浪者は牢部屋にぶち込んであるから、明日改めて来てほしい、と番太郎に言われてお終いである。

鞍之介は人通りの途絶えた大川橋まで戻り、しばらく欄干にもたれ、うねる黒い水面《みなも》を眺めていた。


翌日の午後、鞍之介は再び自身番を訪れ、その老人に対面した。

牢部屋から出された白髪混じりの老人は、ぼんやりした顔で広座敷の縁側に正座していた。

鞍之介は、自分は接骨院の院長の一色と名乗り、昨日訪ねて来られたそうだが留守をしていて失礼した、と話しかけた。

「ああ、いんや、滅相もねえでがんすよ。かえってすまんこって」

と白髪頭を振って答えたので、鞍之介は面食らった。

勝次から渡された覚書には、齢六十二。名は門脇杢兵衛《かどわきもくべえ》とあったが、身分は商人としか書いていない。

「わしは江戸の町がよう分からんで、すぐ道さ迷うでのう」

その間伸びした対応に、戸惑った。そばで役人と、勝次親分が見守っている。

「ちなみにお国はどこなんで？」

と問うと、正面から細い充血した目でじっと見返して言った。

「へえ、越後は萩島から出た来たでがんすよ」

鞍之介は息を呑み、その瞬間に確信した。思った通りこの男が〝捨て主〟か、その関係者に違いないと。

「親分さん、この門脇どのについては、疑念がありません。自分が保証人になるのでよろしく頼みます」

と申し出てその身を放免してもらい、共に自身番を出たのである。

この道を南に下ると、神田川にかかる浅草橋へ、北に進むと雷門《かみなりもん》通りに出る。鞍之介は先に立ってその大通りに出た。大川橋を渡り、橋の袂の路地奥の『めし屋』で、一杯やりながら話を聞こうと思った。

だが背後で声がしたので振り返ると、李兵衛は地べたに跪《ひざまず》いている。一瞬、転んだかと思ったが、土下座と分かって冷や汗が出た。

通りには通行人が多く、すれ違う者は皆振り返って行く。

「只今はまことに失礼仕った。重ね重ねお詫び申したい。手前は萩島藩の門脇と申し、今は藩で馬術指南をしておるが、以前は殿の馬廻を務めた者で……」

馬廻と言えば、近習《きんじゅう》であろう。

「どうかお手をお上げください。まずはこの先に行きつけの店があるので、そこでお話を伺いましょう」

「あ、いんや、それはどうぞご容赦を。これから貴殿を、さる所へお連れ申さねばなりません」

「ええっ、どこへ？」

「すぐ近くでござる」

「断ったら？　今夜は来客があります」

「いんや、何はともあれご同行願わねばなりません。半刻（一時間）ほどでここへお戻ししますゆえ……」

どこへ、何のために？　疑問が渦巻いたが、この頑固な老人はここでは何一つ譲らないだろう。

「では、半刻で戻して頂くということで……」

言い終わらぬうちに、路地から駕籠が走り出て来て鞍之介を押し込み、走りだしたのである。だが門脇はどこへ行ったか、姿が見えないことに不安を覚え、外の様子に注意を向けた。駕籠は浅草寺の広大な境内を回り込んで、その裏側に出ていた。

そこまでは道順を思い描けたが、寺の門と畑地が続く薄暗い道を走り始めると、もうお手上げだ。そこからは、たぶん浅草寺境内と吉原遊廓《よしわらゆうかく》の間を埋める畑地や、市街地を大廻りして駆け抜けたようだ。

やがて三叉路の角で駕籠を下ろされ、駕籠が走り去った。

呆然として脇道を覗くと、その道の奥の古屋敷の横に、大きな銀杏《いちょう》の木があり、その下に門脇が先回りして立っていた。

十

屋敷内の廊下は薄暗く長く、湿った樹木の匂いが鼻をつく。

床の所々に雨漏りの水が溜まり、腐食しているのを、老人の照らす龕灯《がんどう》の灯りで避けながら進んだ。ようやく仄かな灯りを洩らす奥座敷の前で門脇はしゃがみ、低く名を名乗って障子を開いた。

燭台の灯りで照らされた座敷の奥は、御簾《みす》で隔てられており、その中に敷かれた寝床に、誰かが横たわっている。

御簾の外には、付き添いらしい女が座っていた。

「一色鞍之介どのをお連れしました」

と言って、門脇は座敷に浅く入り畳に両手を付いた。

鞍之介もそれに倣って、座敷の端に浅く座る。御簾の中からは聞き取れない低い声が聞こえた。するとと付きそう侍女が、もっと近く寄るようにと手で合図する。

「坊やは……豊松《とよまつ》は、元気にしてますか」

そんな弱々しい女人《にょにん》の声がして、鞍之介はごくりと唾を呑み込んだ。豊松とは、あの赤子の名か？　この女人は赤子の母御か？

長く病んでいるのだろう、その声はか細く震え、ともすれば消え入りそうだったが、どこか甘やかな響きがあった。

「は……」

答えようとしたものの、喉がひりついて言葉にならない。昨夜、直賢の発した謎かけが、巻物のようにここに開いたのである。

「このたびは、たいそうご迷惑をかけました。いつか、坊やを手放す時が来ようと覚悟はしておりましたが……」

そこで激しく咳き込んで、声が途切れた。侍女がすぐ御簾の中に入って、体をさすり始める。

「鞍之介どののお名前は、亡き殿から伺っておりました。以前、自分を救ってくれた恩人だと……」

そこでまた激しく咳き込んだ。

「門脇どの、続けてください」

と侍女の凛《りん》とした声がして、門脇が膝ずりで鞍之介のそばに近寄った。

「鞍之介どの、当方の都合ばかりで甚《はなは》だ恐縮でござるが、今ははっきり申すしかない。豊松君をお返しくだされ」

「ええっ？」

鞍之介は驚きの声を上げた。一体これは何の話だ？　自分は、一刻の隠れ場所として、利用されただけだったか。

そう思うと、どっと怒りが込み上げてきた。

「返してほしいとは、いかなるお話ですか。自分は何者も奪ってはおりませんぞ。また、いま当方の手元に御座るのは、萩島のお世継ぎ様じゃござらん。我が庭に捨てられていた〝捨子〟です」

「ああ、いやいや、こりゃ失礼仕った。その通りでござる。当方の非は、我ら、すべて承知しておりますぞ。貴殿は間違いなく若君の命の恩人じゃて、ほれ、この通りでござる」

とまた白髪頭を深々と下げた。

「門脇どの、手前は捨子のただの保護者であります。捨て主が名乗り出られたら、手元に止《とど》める理由など全くありません。しかし御世子ともあろうお方……それが真実か否か手前には分からぬが、それが真実とすると、御世子ともあろうお方を、軽々に捨てたり取り返したりなど、人として許されることですか。手前としては貴殿らが、いったん捨てたお方を取り返し、今後はどうするおつもりなのか、しかと伺わない限りは、お渡ししかねます。あのお子には今、奉行所の監視がついておるゆえ、あちらへ申し出て頂きたい」

「いや、すべて重々承知でござる。いま少し、この爺に話させてくだされ。お手間はとらせません」

「手前は殿が落馬された時、その場におった者でござる。若い時分から馬廻としておそばにありながら、何のお救いも出来なかったことに、今も平常心を失っておるのです。武芸が苦手だった殿に、馬術をお勧めしたのも手前でして、それが仇《あだ》となったと思うと、どうお詫び申していいやら……」

門脇は言葉に詰まる。

昨年の初冬のころ。もうすぐ雪の来そうに冬枯れた川べりの道を、数人で駆けていた時、途中で一豊の馬が、突然棹立《さおだ》ちとなった。

南部馬《なんぶうま》の中でも選りすぐりの名馬は、馬上の主人を狂気のごとく振り落とし、いずこかへ駆け去って戻らなかった。

凍土に頭を叩きつけられた一豊は、雪に閉ざされた城で昏睡を続け、覚めることなく帰らぬ人となったのだ。

門脇は、藩主の落馬の原因について、馬の餌に興奮薬を混ぜられたのではと推測し、密かに調べを進めた。そのうち御厩《みまや》にいた若い馬廻たちの中で、事故の後、ふっと姿を消した者がいるのを突き止め、その身辺を洗い始めた。

すると最近になってその者は、溺死体で信濃川《しなのがわ》に浮かんだのである。

すでにお世継ぎ問題が騒がしくなっていた。御世子がまだ一歳に満たないため、当面、弟の丈輝を藩主代行とし、藩政を委ねることになった。

そんな成り行きを国家老から聞いてすぐ、奥方のお蓉は赤子を抱え、乳母と二、三の者だけで城を出て、消息を絶った。

お蓉は病を患っていたし、ふとしたことで若君に迫る危険を察知し、不測の事態を恐れていた。そのことを知る門脇は、江戸屋敷の差配、中河三九郎に手紙で訴えた。すぐに中河から上府を命じられたため、馬の口取と世話係の若い下僕を二人従えて、こうして馬で出府したのである。

江戸に着くとその足で藩邸に向かい、中河差配と密談した。その直後、中河は国に帰ることを命じられたのだ。

中河の要請もあり、門脇は小石川にあるお蓉の実家や、親戚筋を訪ね回ったが、お蓉の姿はどこにもなかった。

そこで自身もまた身を潜め、宿を転々として探し回った。浅草寺裏のお酉《とり》様に近いこの〝銀杏屋敷〟を見つけたのは、つい三日前のことである。

お蓉は旗本の家に生まれながら、父親の失脚で、茶屋に身売りされ、芸妓として仕込まれた。そしてお座敷に出て間もなく、客として立ち寄った一豊に身請けされ、当分の隠れ家として秘密裏に買い与えられたのが、この銀杏屋敷という。

それから身分を整えるため、旗本家の養女となり、しかる後、正室として迎えられたのである。

「ここが奥方様のお屋敷だと、初めて知り、やっとお目通りして天にも昇る心地でござったが……。それもほんの束の間、すぐ地獄落ちでした。大切な若君をどこぞの庭に、〝捨てた〟と仰せられましたでのう」

「門脇……」

と御簾の中から弱々しい声がした。

「いや、これは言わせて頂きますぞ」

と門脇は、孫ほどの年齢の奥方を叱りつつ、声を潜めた。

「なるほど今の萩島は、弟君の丈輝様の天下でして、何が起こっても不思議ない状態でござる。しかしそのご威光は長く続かないと、それがしは見ておるのじゃ。ただ……」

と老人は咳払いをした。

「万が一、その丈輝様が御公儀のお咎めを受けるような事態に立ち至った時、千羽家にお世継ぎがおられなければ、藩のお取り潰しは必定でござるぞ」

幕府の内情は、長きにわたった家斉《いえなり》公の幕政の失政で、まさに火の車であった。そんな時、萩島あたりの金回りのいい豊かな小藩は、格好の狙い目なのである。

そして藩のお世継ぎは、公儀の目前に、今いなければならぬのだ。

今回、久しぶりに気心の通じた中河差配と膝詰めで話してみて、その意を強くしたという。ただ中河に漏れ伝わる情報では、丈輝公が、萩島の明神様を江戸へ迎える儀が、御公儀の法度に触れることとして寺社奉行所で問題になっており、すでにお調べが密かに始まっているとのことだった。

「お世継ぎなくば我が藩は改易《かいえき》となり、幕府の御領地となってしまうのです」

と門脇は続けた。

「そこを何と心得ておられるか。豊松君を奥方様だけのお子と考えておられたら、とんでもない御心得違い。いざという時、藩の命運を左右するのは御世子ですぞ。それがし、僭越《せんえつ》ながら奥方様をそうお叱り申しました」

ご無礼をお許しくだされ、と門脇は、初め鞍之介に向かって話していたのに、いつか御簾の向こうの人に聞かせる具合になっていた。

すると御簾の向こうから、弱々しいがよく通る声が返ってきた。

「でも、丈輝どのは知恵あるお方、おめおめ負けは致しますまい。すべてのことを、亡き殿のせいにして逃げ切るかもしれません。その時、誰が豊松を守ってくれますか？　私はもう長くはないのだし、お味方は中河差配とそちだけ……」

「いえ、奥方様、それは、丈輝様の御威光を恐れての上辺だけのこと。いずれ萩島の守護神は若君であることが、判りましょう。お奉行様の目もそう節穴ではござりませんぞ。どうかお心を強くお持ちくだされ。若君の当面の処遇につきましては、奥方様が先般仰せられたお考えを、全面的に支持いたしますぞ」

のう……と、今度は鞍之介に話しかけてきた
「ここだけの話ですが、奥方様は、かの浄香院《じょうこういん》様にお縋《すが》りし、若君をお預けしたいと望んでおられますが、いかがでござるか」

浄香院様とは亡き一豊公の母堂である、と説明した。

現将軍家斉公の母方の縁戚にあたり、桜の季節には家斉公が、鷹狩の途中に今も親しく立ち寄る尼寺だった。

周囲にはそうした徳川のお血筋の寺が点在していることで、警備治安もいいのだということ。

「いや……」

昨日は直賢に迫られ、今度は門脇である。

「手前は、意見を申すような立場にはございません。ただ、浄香院様のご意向が許すのであれば……」

「ああ、それについては、実はあちら様からそうお声をかけてくだされ、身に余る有難いお言葉でした」

とお蓉の消え入りそうな声が加わった。

「殿がご逝去あそばされ、私が病に倒れた時のことです。寺は安全だし、お膝元には子育ての経験ある尼さんが何人もいると……。でも、一歳にもならぬ赤子を手離し、お寺の中に閉じ込めるなんて、とても私の出来ることではございませんでした。それくらいなら一緒に死んだ方がいいと……。そう考えた時、殿を助けたという名倉の若い先生が思い浮かんだのです。殿は、陰謀まみれの〝お世継ぎ争い〟から逃げ出したくて、名倉に行ったのでした。そう、坊やもその方に委ねたら、自由に生きられるんじゃないかと……」

そこでしばらく声が途切れたが、こう結んだ。

「でも門脇の申す通り、あの子は私だけの子ではない、萩島藩の守護神なのだと……今はそう割り切っております。一色様、どうか豊松を頼みます」

途切れ途切れの、掠れたような声だったが、それは鞍之介の心を揺さぶった。

この若い母親は、お世継ぎ争いの渦中にあって、亡夫の落とし胤《だね》を高貴な姑に預けようとせず、一面識もない、吹けば飛ぶような一人の若い骨つぎ師に委ねようとしたのだ。あの子が今、鞍之介の元にいることを知りながら、我が子に一目会わせてほしい、などとも一言も口にしなかった。

その心根に心打たれたのである。

この女人のためには何でもして差しあげたいという俠気《きょうき》に駆られ、鞍之介は我知らず言っていた。

「まだお若かったころの一豊様に、偶然とはいえ相まみえたことは、この鞍之介、生涯の栄誉と存じております」

そこまでは言えたが、そこから何を言ったらいいのか、あれこれ思い迷った。これを貴重なご縁とし……微力ながら若君をお守りし……どうかご安心を……といろいろの言葉が浮かんだ。

だが結局、この一言だけを口にした。

「鞍之介、命に代えて若君をお護《まも》り致します」

その後、門脇との長い打ち合わせを終え、裏口で待っていた駕籠に乗り込んだ。

それまでの間ずっと、一度も尊顔を拝したこともなく、今後も見ることはないであろう御簾の中の女人の面影を、身近に鮮明に感じ続けたのだった。

十一

約束の半刻を大幅に遅れて、雷門通りで駕籠を降りた時、夢でも見ていたような気がした。そのまま大川橋まで歩き、欄干にもたれて、黒くぬめる冥い川面をしばし眺めていた。

あの御簾越しの会見の最後、お蓉はまた苦しみ始めていたのだ。

「大丈夫ですか」

と思わず鞍之介は片膝を立てたが、

「いいえ、私は心配ございません。どうか坊を……坊をよろしく頼みます……」

言いかけてまた咳き込み、会見はそこで打ち切りとなったのである。

それから門脇に導かれ、別室で〝浄香院行き〟の作戦について相談を受けた。むろん門脇本人は加わるが、藩側の支援や協力は、一切期待出来ないことを覚悟しなければならなかった。

それはいい。ただ、今も生々しく残っているのは、見たことも触れたこともないお蓉という女人の幻影であり、その甘い声が耳に甦るのである。

川を見ながら胸にある計画をしばしおさらいした後、その考えをさらに固めながら、鞍之介は橋を渡った。

東岸の川沿いには舟宿『舟徳《ふなとく》』があり、今は、長く親しんだ徳次《とくじ》に代わって、その弟の徳三《とくぞう》が舟宿を引き継いで、数人の船頭を束ねている。この徳三を、味方に引き入れなければならない。

　船着場にはちょうど空舟が戻って来たところで、舟を飛び下りた徳三を摑まえて昨日の礼を言い、懐に手を入れた。

「おっと旦那、水臭え話は無しだよ。昨日は一時ばかり、坊を遊ばせただけなんで」

「いや、徳さん。実は、もう二、三、頼みたいことがあるんだ。どうだろう、明日とか明後日の都合は……」

「へい、花見客が終わってから、暇さしてもらってます。いつでも漕ぎまっせ」

「それは助かった。ちょいと頼まれてくれないか。まずは明日の七つ過ぎ（午後四時）、墨堤《ぼくてい》あたりまで、屋根船を一艘出してもらいたいんだが」

「七つに墨堤までね、へい、ようがす」

「それは良かった。もう一つは……」

　とそばに寄り、低い声でさらに秘密の頼み事をし、徳三の頼もしい返事を得た上で、あの赤子の産着の襟にあった金を渡そうとした。

「あっ、旦那、そんなこたア、終わってから塩梅《あんばい》しますんで」

　と受け取らない。その言葉を押し返すように、

「いや、徳さん、今回は特別なんだよ。途中で何が起こるか分からん、生きて帰るつもりではいるが、どうかこれだけは先払いにさせてほしい」

まさか捨子が身につけていた金とも言えず、無理に受け取ってもらい、荷が軽くなった気分で家に戻った。

玄関まで迎えに出て来たのは蘭童だった。

「いや、お主を迎えに出て来たわけじゃないぞ、待ちくたびれて帰ろうと部屋を出たところなんだ」

「ああ、すまないが、帰るのはちと待ってくれ。緊急に聴いてもらいたい話がある。この通りだ」

と手を合わせて平謝りし、そこへ出て来た寸ノ吉を加えて自室で向き合った。

「見た通り、あの捨丸をいつまでもここに置いてはおけん。そこで早急に、さる場所に送り届けることに決めたんだ」

「ほう？　さる場所ってどこだ、誰に頼まれた？」

と舌鋒《ぜっぽう》鋭く迫る蘭童に、つい先ほどの見聞をかいつまんで話したのである。

鞍之介の話が一段落するや、呆然と耳を傾けていた蘭童が声を発した
「へえ、あのよく泣く赤ん坊が、天下のお世継ぎとは驚いた。しかし一度捨てた子を

返してくれって話に、もっと驚いた。前代未聞じゃないか？」

「お世継ぎたる者、気楽には進路を変えられんのだ。母御は武家社会からの脱走を試みたが、そうは行かぬと、忠臣から説得された。これまた致し方ない成り行きだよね。で、また、蘭童センセイのお力を借りたい」

「おいおい、坊やの〝送り届け隊〟になるのだけは、勘弁してくれ。いや、骨惜しみで言ってるんじゃやない。ご存じの通り、おれは武術はからきし駄目だ。もし、仮に、賊に襲われたら、逃げるのがやっとのお荷物になる」

「安心しろ、言われなくても、初めから員数《いんずう》に入れておらん。ただ、相談に乗ってもらいたいんだ」

「あの、わしは、入ってますね？」

　と申し出たのは、そばで聞いていた寸ノ吉である。

　中背で太っているが、柔術で鍛えただけあって見た目より遥かに勇壮で、喧嘩にも強かった。

「捨丸が無事に浄香院に入るのを、この目で見届けたいんすよ。ただ、男児が尼寺に入っても、構わんのですか？」

「お前さんが入っちゃ問題だろうが、赤ん坊だからね」

と蘭童が答えた。

「しかし鞍先生、赤子をどうやって運ぶおつもりなんで？」

「ええっと、とりあえず、おぬしに背負ってもらうか」

鞍之介が半ば冗談で言うと、

「えっ、わ、わしが？　そんな大役、無理むり……わしが、まだ首も据わらぬ赤子を連れ回しちゃ、ろくなことにならんでしょ」

と赤ら顔をさらに赤くし、持ち前の大声をさらに高めた。

「いや、それもありだろ？」

と蘭童が混ぜ返し、ようやく本論に入った。

「よし鞍、話を聞こう。何が知りたい？」

十二

「まず聞いてくれ。〝送り届け隊〟は、患者宅に呼ばれた医者の往診……という体裁《ていさい》を考えてる。だからなるべく小人数がいいんで、寸ノとおれの二人だ。おれらは赤子を連れて舟で出発し、途中から陸路になる」

と鞍之介は地図を引っ張り出して来て、目的地を指した。

「いいか、駒形から墨堤までは舟、そこから陸に上がり徒歩だ。駕籠を使えば、弓矢の標的になりやすい。細い山道なんかじゃ小回りもきかんしね。赤子は、野菜を運ぶ籠に入れて、交代で背負うことにしよう」

鞍之介が言うと、寸ノ吉が問うた。

「背負うのは任せてほしいけど、一体どこまで行くんで？」

「向島《むこうじま》の奥だ」

と地図を指し示した。

「敵に行き先が分かってしまわんよう、遠回りしたり、裏道を通ったりするから、少し時がかかる。途中に宿や茶店があれば、お襁褓交換のため休憩することにする。だから全体で、二刻（四時間）以上は考えておいた方がいい。で、蘭童、この計画をどう思う？」

蘭童はしばし沈黙してから、言った。

「愚考《ぐこう》するに、舟の昼日中の出帆は、いささか危険ではないかな。なに、夜中にこっそり赤子を舟に乗せ、例えばすぐそこの水戸《みと》屋敷の角で北十間川《きたじゅっけんがわ》に入っちまえば、敵に気付かれずに向島を目指せるんじゃないか？」

「うん、おれもまずはそう考えたが、赤子がいるし、夜の川はもっと危険だ。それに門脇どのには、江戸に着いた時から尾行がついている。だから遅くとも昨日には、おれの存在に気付いたはず……。萩島藩のお世継ぎが、一介《いっかい》の骨つぎ師の手中にあるとね。もしおれを強敵と見たら大勢でかかってこようが、名倉は世に知られていても、おれは全く無名だ。何とかやれるかなと思うし、あとは相手の判断次第だ」

「なるほど、一種の賭けというわけか」

「まあそうだ。ただその上で、もう一つ秘策が加わるんで、まずはいけるかと」

と鞍之介は、その秘策について説明し、蘭童は頷いた。

「そんなわけで、おれたちの他に、あの門脇どのが加わる」

「助っ人は門脇老人が一人だけか？」

「いや、門脇どのが、国から連れて来た下男が二人いるが、一人は当日銀杏屋敷に残し、連れて出るのは一人だ。門脇どのは手不足を案じ、助っ人を増やすよう差配どのに訴えてるんだが……明朝、門脇どのから最後の報告が、手紙で来るはずだ」

「助っ人は来ないと見るべきだが、それで間に合うんかい？」

と蘭童が目を細めた。

「合わせるしかなかろう。ここは先手必勝、敵が警戒を強めないうちに動くことが肝心だ。敵の油断に乗じるということで、決行は明日にする。準備するのは野菜籠だけだが……」

　と鞍之介は腕を組んで言った。

「あ、籠ならおれの所に一ついいのがあるから、明日届けよう」

「出発は明日の七つ（午後四時）だから、それまでに頼む。ところでもう一つ、知恵を拝借したい」

　最後は馬で尼寺に駆け込む手筈だが、背中に子を背負って半刻（三十分）弱、全力疾走することになる。それは、長く馬廻として御前警護をつとめ、今は馬術指南役の門脇どのになるが、それでいいかどうか。

　門脇どの自身もこの作戦を栄誉と考え、赤子に万一のことがあれば自分は生きては帰らぬ覚悟、とまで断言している。

　鞍之介もその気で昨日、銀杏屋敷から駕籠で帰って来たが、駕籠の揺れが気になって、骨つぎ師としてある疑念が兆した。

　門脇がいかに達人とはいえ、馬上で手綱《たづな》を握って全力疾走すれば、肩甲骨《けんこうこつ》や背筋の動きは尋常ではない。その背にいたいけな赤子を括りつけると、息が出来ず、場合によっては失神か、圧死の事態が生じはしないか？

「送り届けは成功したがご世子は遺体……じゃ門脇どのと並んで、この鞍之介も腹を切らねばならん」

「しかし鞍先生、あの門脇様のこと……振動が背中に伝わらんよう、按配しなさるのでは？」

と、寸ノ吉が言った。

「そうかも知れんが、そうでないかも知れん。何故なら今の門脇どのは、こう言っちゃ何だが、狂気のお人だ。無事届けるのを栄誉と考え、背中に死体を括ったまま地獄の門に突進しないとも限らん。おれとしては、背中括りはやめにしたい。ならば、片手で抱くか、荷台を作って乗せるか……。これはいかに？」

「なに、方法はもう一つあるじゃないか」

蘭堂は茶を啜り上げて、あっさり言った。

「外国には珍しい動物がいるのをご存じか。オーストラリアという大陸に生息し、腹に袋があって、子どもが大人になるまで、この中で育てる。母親にしてみりゃ、子育てにこんな安全な場所はない。これは大いに理に適っていると、おれは感心したよ」

「なるほど。腹に縛りつけ、片手で抱いて、片手で手綱を取る……これはいける。背後から矢や銃弾が襲ってきたら、自分の背中で受けるから、子に害は及ばない」

鞍之介はその仕草を演じてみて、頷いた。

「蘭童、恩にきるぞ。明朝、早速にも先方に知らせておこう。おぬしは早く帰って、野菜籠を心配してほしい」

十三

翌朝は、春霞《はるがすみ》がたなびく曇天だった。

七つ（四時）過ぎ、大型の屋根船が、駒形の船着場から滑り出た。櫓《ろ》を操る船頭は『舟徳』の親方徳三。がっちりしていて、真っ黒に日焼けした顔に、白い捩《ね》じり鉢巻が鮮やかだった。

「おお、よしよし。坊はいい子だ……」

と持ち前の大声で、膝に抱いた赤子をあやしているのは寸ノ吉だ。赤子はキャッキャと笑って、しきりに両手を振っている。

ご機嫌をとられているのが嬉しいらしい。

鞍之介はすでに朝六つ（六時）に届くよう、門脇宛に手紙を認《したた》めて使いを出し、向こうから返事が届いたのは、六つ半（七時）だった。

「援軍来《きた》らず、当初の方針で進められたし」

文面にはそう記されていた。

うーむ、援軍来らずか、と思いながらいつも通り診療を始めた。作戦実行は、自分ら二人と、門脇隊二人の四人に絞られたのだ。

やがて緊急に頼んだ代診の長谷川《はせがわ》が姿を見せ、四つ（十時）過ぎに、後を頼んで席を立った。

船は左右に揺れながら、ゆっくり大川の流れを遡って行く。

鞍之介は赤子の左側、すなわち岸側に陣取って、下ろした簾越しに、通り過ぎてゆく岸辺の景色に目を光らせている。

乗船前にお春が、母乳の出る近所の若い母親を訪ね、新鮮な母乳を貰い集めて来てくれた。これだけあれば、夜まで保《も》つでしょ、と言ったが、さてどのくらい保つものか。

万一の場合に備えて、小袖の下には鎖帷子《くさりかたびら》を着用し、裁着袴《たつつけ》を穿いた腰には綱を下げている。小袖の上に、滅多に着ない十徳《じつとく》を羽織ったのは、往診でこの地に呼ばれた医者を装おうためだ。

赤子の右側に黙然と座っているのは、蘭童である。

もちろん蘭童は来ないことになっていた。

だが昼を過ぎると、それなりの準備を固めてやって来たのである。子を運搬するための〝背負い籠〟を工夫してみたから、自分も行ってその成果を見たいと言う。

「おれはガキのころ、陸奥《むつ》出身の乳母が作った、妙な籠に入れられることがあった。だから、こんなひねた男が仕上がった」

と言ったが、鞍之介が笑ったのは、自分もそうだったからだ。

忙しい商家に育った蘭童も、富商だったとはいえ一日の何時《なんどき》かは、籠詰めにされたのだろうと思うと、腹から笑いが滲み出た。

それは陸奥辺りでよく使われているエジコという、乳幼児用の背負い籠を模したもの。中でお漏らししてもいいよう、底には灰や藁《わら》やお襁褓や籾殻《もみがら》を敷いてある。

蘭童は、近所の八百屋から調達した野菜籠を細工し、赤子の足が出るように前側に二つの穴を開け、籠の中に小さな座布団を入れ、中で体が動かぬよう固定する。そうすれば、おんぶ紐で背負われるより、赤子には楽だろうと。

また顔が少し出て周囲が見えるよう蓋はせず、眠ると上に手拭いか風呂敷をかけると、遠目には野菜が入っているようにも見える。実際に赤子を入れて寸ノ吉が試してみると、赤子は遊び道具と思ってか、おもしろがってなかなか籠から出たがらなかった。

それに意を強めたのだろう。

「そこで折入って頼みがある。籠の成果を見届けたいんで、門脇老と合流する辺りまで、一緒に行ってもいいかい？　いや、武器を持たぬおれの同行は、足手まといとは思うが……」

一瞬、鞍之介は思った。〝力になりたいんだ〟と素直に言えばいいのに、と。

この友人を加えたいという思いが、強く湧きあがって寸ノ吉をチラと見ると、嫌な顔をしている。足手まといだ、とその顔ははっきり言っている。だが、決心は揺るがなかった。

「歓迎するよ。ただ何かあった場合、命は保証出来ない」

門脇との合流地点も不明だった。ともかく白髭《しらひげ》神社の裏の道をまっすぐ東に進むと、どこかで出会うことになっている。

そう説明すると、その大雑把《おおざっぱ》さ、出たとこ勝負精神に、蘭童は呆れたようだが、相手があることだから計算通りに行くわけはない。

穏やかな大川を遡って行くと、右前方に目的の墨堤が見えてくる。桜の季節には、三囲《みめぐり》神社から木母寺《もくぼじ》まで、川べりの道から枝を差し伸べての桜花爛漫の様は、白雲がたなびくように見える。

船は橋場の辺りで川を渡り、対岸の白髭神社近くの船着場に着いた。まだ夕暮れ前で、参拝かたがたの墨堤巡りの客が多く、到着する舟も出て行く舟も、せわしなかった。

寸ノ吉が抱き抱えて立ち上がると、捨丸は怯えたように泣きだした。そのけたたましい声に、慌ててそばにあった籠に入れてみると、ケロリと泣き止んで籠から少しだけ顔を出して外を見ている。

墨堤通りに軒を並べる茶屋は、舟が着くと、舟遊びの客を迎えるように色めきたったが、鞍之介は女たちが騒がしく客引きする中を通り抜け、徳三が指定した茶屋『小波《さざなみ》』を見つけて暖簾を割った。

捨丸の入った籠を背負う寸ノ吉と、小袖と軽杉に陣羽織という姿の蘭童が、それに続く。

徳三から聞いていたおかみは、心得たように三人を二階の小座敷に導いた。

鞍之介は、今日は子連れだからと酒は断ってそばを注文し、心付けを渡して二、三のことを確認した。

店側の申し出で、お襁褓の交換と乳やりは、店の女中が引き受けてくれることになり、捨丸は一階の女中の手に引き取られた。

十四

茶店を真っ先に出たのは鞍之介だった。

通りにはすでに薄っすらと夕闇が漂い、美味そうな食べ物の匂いが漂っている。空を仰ぐと、江戸の空は夕照《せきしよう》に照り映え、これから分け入って行く東の空には、うろこ雲が淡く染まって張り出している。

花火の季節でもないのに、どこかでポンポンと花火の音がした。

料亭や土産物屋が軒を並べるこの通りは、いつ来ても観光客で賑わっているが、道を外れて奥へ踏み込むと寺が並び、その先には静かな田園地帯が広がっている。

畑地の先には、雑木林が屛風《びようぶ》のように行手を遮っていた。

あの木立を抜けて行くのだな、と思うと修羅場《しゆらば》には慣れた鞍之介も、身が引き締まった。

「船が出るぞー」

そんな船頭の声に道端に寄って大川を見下ろすと、先ほどの船着場から、大勢の客を乗せた渡し船が出て行こうとしている。自分らが乗って来た屋根船は、どこにも見当たらない。とうに下りの客を乗せて、下って行ったのだ。

「お待たせ」

と声がして店から出て来たのは蘭童だった。背中に三河《みかわ》木綿の雑嚢《ざつのう》を背負い、手には往診用の薬籠《やくろう》を下げている。その後に続く寸ノ吉は、縦長の竹籠を背負っていて、上部はあの地味でツギハギの産着で覆われている。

「捨丸は眠ったかな？」

と鞍之介が言うと、寸ノ吉は籠を揺らした。

「お乳をたっぷり頂いて、ぐっすり寝入ってますよ」

土産物屋の横を入り、ごみごみした路地を抜けると、一面の畑地に出る。まだ田植え前の水のない田んぼが多く、その中を貫く長い一本道を、三人はしばらく黙々と歩いた。

木立の中の薄暗い道を抜けると、鮮やかな菜の花畑が広がる。

その縁に沿ってまた道がうねりながら続き、所どころに古い農家がポツポツと点在している。

途中に小舟の通り道のような川があり、〝千軒橋《せんげんばし》〟と書かれた粗末な橋を渡った。

「見渡す限りじゃ、家は五、六軒しか見えないのに、千軒とはねえ」

と先頭の鞍之介が呟くと、

「捨丸が、萩島藩の御世子であるが如しか」

と蘭童が受けた。

「たしかに鞍の言うように、身分も家も一切合切を捨て、骨つぎ師にでもなった方が、坊は幸せだろうと思うね。おれ達は、余計なお世話をしてるのかもしれん」

「骨つぎ師にでもなって……とはいささか気に入らんが、そうかもしれん」

と鞍之介が呟いたので、二人は声を立てて笑った。

「ただいつか大きくなった時のために、身につけていた母御の手紙と、例のツギハギ産着を、合切袋《がっさいぶくろ》に詰め込んできた。所詮おれらのことは伝わらんだろうから……」

（後をつけられてる？）

と鞍之介がふと感じたのは、そんな雑談をしながら雑木林を通り抜けた時だった。

林の中に潜《ひそ》む人の息遣いを、聞いたような気がした。

急いで周囲を見回した。次の雑木林までには、寺跡の崩れかけた築地塀《ついじべい》と、空き家のような農家がある。

次の木立にも敵が待ち伏せしていれば、自分らは挟み撃ちになるだろう。鞍之介は押し殺した声で言った。

「諸君、振り返らないで、聞いてくれ。前方左に見えるのは、空き家だ。今からあそこまで、全力疾走で飛び込め。いいか、一、二、三……」

走り出した途端、ビシッと音がして、すぐ前を走る寸ノ吉の背負い籠に何かが命中した。

火矢だった。

「寸ノ、火矢だ、籠から〝若〟を出せ！」

と叫ぶ間もなく、自分の背後に、ヒュッという微かな音を聞いた。矢が飛んで来る音だ。鞍之介は、脇差を鞘ごと抜きざま、瞬時に飛び退いた。

籠の中は藁クズと籾殻だから、すぐに火の手が上がった。夕闇たち込める中に、籠を包む炎が鮮やかに踊った。

寸ノ吉は飛び跳《は》ねて籠を背中から外すや、中から座布団にくるまれた〝赤子〟を取り出し、胸に抱えて、果敢《かかん》に農家に駆け込んで行く。

するとどこから現れたか、黒装束の男がその後を追った。

その時、玄関前の茂みから飛び出して来た黒い人影がある。

蘭童だった。掛け声がかかった時、真っ先に茂みの陰に潜《もぐ》り込んだのだが、目の先に炎を噴きながら転がって来た籠を見るや、思いがけない一手が閃いたのだ。

蘭童はやおら茂みを飛び出し、まだ燃え移っていない背負い紐を手にし、燃えている籠を持ち上げ、寸ノ吉を追う黒装束に追いすがった。

「くたばれ！」

かけ声もろとも、燃える籠を力任せにその背に叩きつけた。

男の衣服にボッと火がついたが、叫び声ひとつ立てずに、消そうとしてか地面に転がった。鞍之介はそれを横目に見ながらも、別の黒装束二人に囲まれて、身動き出来ない。

斬り込んで来た一人を大上段で仕止めたが、もう一人がすかさず刀の先で突いてくる。とっさにそれを己《おの》が刀で絡め落とした。

衝撃で相手が体の平衡を崩したのを狙い、重心の低い方へと力任せに引き込んで、内股の術で相手を投げ飛ばす。

男は受け身の姿勢はとったが、打ち所が悪かったらしく、低く呻いて静かになった。

振り返ると、地面に倒れて起き上がれない男の前に、蘭童が突っ立っている。振り上げているのは、今しがた投げ飛ばされた男から奪った抜き身だが、刀を使ったことがないのだ。

男は火傷を負った上に足を痛めたか、よろよろ立ち上がり、よろけながら玄関の方へ行こうとする。

鞍之介は、腰に下げていた縄を蘭童の前に放った。

「縛ってしまえ！　寸ノ！　若は大丈夫か！」

家に向かって思い切り叫ぶと、玄関あたりに揉み合う声がした。続いて背の高い黒装束が、刀を下げて飛び出して来た。

(新手《あらて》だろうか)

と思う間もなく寸ノ吉が追って出て来て、大声で言った。

「こやつ、初めから家に隠れていやがったんすよ！　若を奪って逃げようとした太《ふて》えやつだ、生かしちゃおけんよ！」

その言葉の裏を、鞍之介は読んだ。

この男は寸ノ吉から赤子を奪ったのだが、その正体が〝座布団〟だと見抜いたのだ。

連中はこの一帯を勝負場と読み、あらかじめ一人を空き家に配置していたらしい。

仲間がまだこの先の林にいるから、男がそこまで走って、鞍之介ら三人は〝陽動隊〟だと暴露するおそれがある。

それを知ったら連中は、ただちにこの場を離れ、〝本隊〟の捜索にかかるだろう。

そうだ、これは生かしておけない。

そう判断した鞍之介は、とっさに懐から手裏剣《しゆりけん》を出し、逃げて行く男の背後から飛びかかるように打ち込んだ。それは見事に後頭部に命中して男は倒れた。

すかさず鞍之介は農道に飛び出し、行く手の黒々とした雑木林を見透かした。あそこに何人いるのか……と思った時、駆け去って行く馬の蹄《ひづめ》の音を聞いた。

馬は一頭だった。

十五

元の場に戻ってみると、火傷を負った男が、蘭童と寸ノ吉の手で、木にしっかり縛りつけられていた。身に纏う黒装束の上半身が焼け焦げ、肩の辺りは爛《ただ》れた地肌が露出していた。

「さあ、言え、誰の命令だ？」

と鞍之介は迫ったが、目をぎらつかせ口を引き結んでいる。

「林にいたお前らの親玉は逃げたぞ。薄情な奴じゃないか。私は骨つぎ師だ、お前らに恨みはない。白状すれば逃してやるぞ」

だがこの者らは白状する前に、舌を噛み切って自害するだろう。だからといって放っておけば、仲間が来たら喋るだろう。鞍之介はやおら男の頭を抱え込み、顎外《あごはず》しの柔《やわら》の術でとっさに顎の骨を外し、奥から舌を引っ張り出した。

こうしておけば舌は噛み切れない。

「死ぬな。そこに倒れてる奴がいるが、死んじゃいない。息を吹き返したら助けてもらえ。明日にでも駒形の名倉に来れば、いつでも顎は治してやる」

言いながら、蘭童が下げて来た薬箱から薬包帯を出し、足を負傷している寸ノ吉と、名も知らぬ男の肩に応急処置を施した。

そして寸ノ吉を励ましながら、慌ただしくその場を出発し、先を急いだ。

今しがた馬で逃げた者が、座布団の赤子に騙されていたら、再び多勢を引き連れて引き返して来るだろう。だが鞍之介の一団が陽動作戦と見破っていたら、すぐ本隊を探しに行くだろう。

もし目的地が浄香院と知ったら、待ち伏せの可能性もある。

捨丸は、あの墨堤の茶屋『小波』まで来たが、そこに待機していた女中に、引き取られたのだ。その女中は、乳母のお里《さと》だった。

だから捨丸はもう泣くこともなく、船着場で待っていた徳三の屋根船に収まって、ゆっくりと墨堤を離れた。船はほぼ四半刻ほど漕ぎ下り、水戸様の屋敷の横の源森橋《げんもりばし》をくぐって、十軒川に入ったはずである。

その上流の業平橋《なりひらばし》で別の船に乗り換え、吾妻大権現《あずまだいごんげん》河岸まで行って、そこで待機していた門脇老に渡されることになっている。

(今ごろはまだ船の上で、お乳を飲んでいるころか)

燃え尽きた籠の残骸や、死者の転がるこの場を後にしながら、そう思った。

鞍之介の脳裏に、真っ暗な小高い丘の稜線《りょうせん》をひたすら疾走する人馬の姿が浮かんだ。馬上で老武士に抱えられた捨丸の最後の旅が、無事であるよう祈った。

いずれにせよこの黒装束の影どもが、自分の周りをうろついている限りは、本隊は大丈夫なのである。

噎《む》せるような草の匂いがする川《かわ》べりの道を、しばらく進んだ。

月はないが、暗闇に慣れた目には、雲間から注ぐ星明かりがずいぶん明るく見えた。ただ寸ノ吉が疲れと喉の乾きを訴えるので、川と土手に挟まれた真っ暗な窪地に降りて、休憩を取った。

水草の生い茂る水辺で、水鳥が鳴いていた。

三人とも汗でどろどろで、血の匂いにまみれていた。三人はそれぞれに流れの水を掬って顔を洗い、嗽《うがい》をした。

「門脇どのとの合流地点は、どこなんだ？」

持参した瓢箪の水を飲みながら蘭童が訊いた。

「ああ、すまない。さっきは説明しなかったが、実は合流しない」

「……合流しない？」

「捨丸が馬に移されてからは、すべて達人に任せたのだ。ただし、馬は最短距離を走り、そのまま尼寺に突入するよう言ってある。成功した暁《あかつき》には、寺の鐘が打ち鳴らされるはずだ。それが聞こえたら、われらの任務は終わる」

「うむ。もし聞こえなければ？」

「寺の鐘は相当遠くまで響くというが、風の具合で聞こえにくいこともあるらしい。だから、寺まで行くことになるかもしれん」

鞍之介は耳をすませた。川の流れる音はよく聞こえているが、怪しい人馬の音は耳に入らない。

「敵は追って来ないな。陽動部隊と、勘付いたか」

「いや、籠の中の〝捨丸〟が座布団だと気付いたのは、一人だけじゃないすか」

と寸ノ吉が言った。

「そやつの首は掻いたから、勘付かれちゃいないっす」

鞍之介は首を傾げた。そうであれば、そろそろ追って来るはずだ。自分らは少し道を逸《そ》れたから、迷っているのかもしれない。そうであれば、まさに思うツボだ。

一息ついてから、川べりを土手に沿って東へ向かう。

「わしはここで待つから、どうか二人で行ってくだされ」

そう言い続ける太り肉《じし》の寸ノ吉の肩を、蘭童が支えた。

「遠慮するなって。ただおぬし、もう少し痩せた方がいい」

「大きなお世話っすよ」

などと言い合いながら、三人は進んだ。

十六

三人はゆるやかな丘陵《きゅうりょう》の裾野に出て、そこからは浅い登り坂になる。坂上には橋があるようで、下を流れる川の音が聞こえていた。

先に歩いていた鞍之介が橋を渡ると、その先に門があった。

ここが浄香院だろう。門に囲われた敷地には闇が垂れ込め、鬱蒼《うっそう》とした木立が黒々した影をなしている。その先の小高い辺りに、黒い寺の屋根がわずかに覗いている。

鞍之介は橋を渡りきらずに、欄干に寄りかかって寺の様子に耳を澄ます。寸ノ吉と、その肩を支える長身の蘭童の姿が、やっと橋の上に現れた。

「……鐘の音は聞こえたか？」

寸ノ吉を置いて先に橋を渡って来た蘭童が、問うた。

「いや、まだだ。おれらは必ずしも風下にいなかったし、さっきは川の窪みで休んだから、聞き逃したかもしれんな」

微かにきざす不安に、暗い中で見合わす互いの目が、光っていた。

「赤子の泣き声はしないすかァ？」

よろばいながら橋の外れから近づいてきた寸ノ吉が、大きな声で問う。

「まあ、落ち着け。まだ聞こえないが、都合というものもあろう」

鞍之介は袋の中から瓢簞型の水筒を出して渡し、辺りを見回した。

(何か変だ)

と感じ、胸がざわついた。だが万一、門脇が襲われたとしても、あの勢いからすれば、若を腕に抱いたまま寺までは命を保って来るはずだ。

そんな時、塀の横手から馬の蹄の音がした。鞍之介はとっさに二人をしゃがませて、腰の刀に手をかけた。

闇の中から姿を現した馬上の男は、龕灯《がんどう》の灯りでこちらを照らしながら、太く恐れげのない声をかけてきた。

「……一色鞍之介どのでござるな？」

答えを聞く前に、ひらりと馬を降りて近づいてくる。

半ば安堵し半ば警戒しながら、鞍之介は答えた。

「仰せの通りだが、お手前は？」

「萩島藩の馬廻で、那須丙九郎《なすへいくろう》と申します」

「おお、門脇どのの配下だな」

「はっ、それがし丙九郎と兄の神太郎《しんたろう》、つい今しがた、寺に到着仕りました！」

「今？」

嫌な予感がした。

「門脇どのは如何された？」

「はっ、夜明け前に奥方様の御容態が急変し、ずっと付き添っておられます。ついては門脇様は今朝、兄神太郎とこの丙九郎をおそばに呼び、密命を託されました。吾妻大権現の河岸で、お里どのから若君を受け取り、浄香院まで突っ走れと」

もともと神太郎は、その河岸に、門脇と自分の乗る馬を準備しておく役回りだった。寺へは門脇と神太郎が向かい、丙九郎は奥方に付き添うことになっていたのだ。

「で、若君はどうされた？」

「われら兄弟、無事にお役を果たしました。兄が庵主《あんじゅ》様に目通りを許され、若君をお届け申したところです！」

「それは良かった、よくぞ頑張られた！」

「一色どのもお疲れでござった、まずは中へ入られよ」

言って丙九郎は正門横の通用門を開け、二人を庭の中に導いた。

「して、奥方様への連絡はいかに？」

鞍之介が追いかけるように続けた。

「はい、兄がたった今、馬でこの寺から折り返し、銀杏屋敷に向かっております」

不意に鞍之介の胸に不信感が募った。

（大丈夫か、間に合ってくれるのか……）

それに気付いてか、すかさず丙九郎が言った。

「蛇足ながら、兄の神太郎は、門脇様の一番弟子であります。わが那須家は、ご城下一の馬の使い手でございます」

と訛《なま》りのある声を、誇らしげに張り上げたのである。

鞍之介はふと龕灯の灯りをかざして、相手を見た。それは、あの銀杏屋敷まで駕籠を担いだ屈強な二人の駕籠かきの一人ではないか。昨夜、暗い中で二人は手拭いで顔を隠していたし、門脇もまた、馬の世話係としか言わなかったのだ。

「なるほど門脇どのは、藩の俊英《しゅんえい》を連れて来られたのだな」

と鞍之介は大きく頷いた。

「門脇どのは賢明な判断を下され、二人もいい仕事をされた」

「われらは大権現河岸に馬を準備し、お里どのから若君を渡されてから、一声も発しておりません。若君も声を上げず、一丸となったのです」

神太郎は師の指示通りに紐で若君を腹に括り、左手でしっかり抱き、右手で手綱を取って、ほぼ四半刻の道のりを疾走した。

「自分はしんがりを拝し、一気に飛ばしました。今も兄は必ずや奥方様に朗報を伝え、お役目を果たしてくれましょう」

聞き終えた時、胸の中を一瞬、清心な風が吹き抜けたようだった。寺に続く道を全力で疾走する、二頭の馬が瞼に浮かんだ。

門脇は、昨夜から死の床にあるお蓉を前にして、一つの選択を迫られたのだ。六十二という年齢を考え、赤子の移送は自分でなければ出来ぬと信じてきたことを、初めて疑った。

瞬発力、機敏さ、馬を扱う手並、そのすべてにおいて、若い那須兄弟は自分を上回っている。弟子を信じ、御世子を敵陣から尼寺へ移し申す栄誉を、若い二人に譲るべきではないか。

老いたる自分には今、重要な役目がある。乳母も那須兄弟も出払った後、ひとり死に向かう奥方に、自分を措《お》いて誰が付き添い、共に死の脅威に立ち会ってあげられよう。

また、敵の監視の只中にある自分は、屋敷から一歩も出ずにいることで、敵を惑わせ、敵の兵力を分散させることが出来るのだ。

門脇はそう考えて、藩の命運を、若手に託したのであろう。

十七

その時、ゴーン、ゴーンと寺の鐘が鳴りだした。

おお、と三人は同時に声を上げた。やっと鳴ってくれたか。鐘はすぐ近くで打たれているだけに、その響きも鮮やかに、夜のしじまを揺さぶった。

鞍之介は夜空を仰いだが、思いがけず涙に曇った。

この鐘の音が、遠い銀杏屋敷の奥方の耳にも届いてくれることを、祈らずにはいられなかった。

「さて、われらはここで失礼致します」

と短く言うと、相手は意外そうだった。

「おや、若君に一目お会いになりませんか」

鞍之介は背後の二人を振り返り、目でその意中を探った。自分らは、役目を果たしたのだ。

「いや、有難いお言葉だが、これ以上のいらざる行動は、若君の里心《さとごころ》を刺激するだけであろう。自分らは、お手前の報告を聞いただけで十分だ」

丙九郎は残念そうだったが、その時、別の小道から提灯の灯りが近づいてきた。

「もし……？」

という澄んだ女性の声に、丙九郎が驚きの声を上げた。

「おお、庵主様、こんな所まで大丈夫ですか」

庵主様と呼ばれた尼僧は、若い尼のかざす提灯の灯りに導かれ、急ぎ足で進んで来た様子である。

丙九郎は思わずというように庵主に歩み寄り、この場の事情を説明した。庵主は頷いて聞くと、棒のように突っ立っている三人の前に立った。

「……そなたが一色鞍之介どのですね。私はこの寺の庵主ですが、このたびはたいそう、ご苦労なことでした。坊が元気で到着してくれたことを、この通り、心より感謝しております」

と白い頭巾を被った頭を、深々と下げたのである。

提灯の灯りで見る限り、目が細くおっとりした感じの、品のいい老尼だった。鞍之介は思いがけない成り行きにどぎまぎして、

「若君が元気で、何よりでした」

とありきたりの言葉を返した。

「ええ、安心したらしく、ご機嫌で泣いたり笑ったりしてますよ。すべてお前様がたのおかげです。これからちょっと、顔を見てやってくだされば、喜びましょう」

「……………」

三人はまた顔を見合わせた。実のところ、会って一言かけてやりたいのは山々だったのだ。

だがそれが、坊のためになるとは思えなかった。むしろ自分らのことは忘れてくれてこそ、捨丸は成長するだろう。

「ご配慮、痛み入ります。ただもう遅いし、どなたもお疲れでしょう。いらぬ長居は遠慮し、ここで失礼させて頂きたく存じます」

と鞍之介は丁重に断った。

尼僧はまじまじとその顔を見つめていたが、得心したように頷いた。そして二、三の労《ねぎら》いの言葉をかけて、去って行こうとして、ふと思い出したように、振り返って言った。

「そうそう、名前は何といいますか?」

「は?」

「坊は捨子だったと聞いております。ならば、名前も捨てられたのでしょう。今は、どう呼んでいましたか」

鞍之介は大事な忘れ物をしたような気がして、絶句した。少なくとも〝豊松〟ではないし、〝捨丸〟と呼んではいたが、そうばかりも言い難い不思議な感じを、どう説明したらいいか。

その時、少し後ろにいた蘭童が軽く咳払いし、低い声で何か囁いた。スノサブロウと聞こえた。ああ、そうだ、それでいこう。

「はい、ええと、今のところは仮に、〝寸ノ三郎〟とお呼びしておりました」

「え、スノサブロウ？」

「はい、この三人で勝手に決めたんで、いかようにも変えてください。寸という字に三郎……。〝スノ〟とは、若君の面倒をよくみて、誰より懐かれていたこの寸ノ吉の名前から貰いました」

と背後で恐縮している寸ノ吉を指さして、その字を説明した。

「で、三郎とは、つまり……」

ええと、なぜ三郎にしたのだったか。頭が真っ白になって何も思い浮かばず、言い淀んでいると、背後でまた咳払いが聞こえ、今度は蘭童が自らぼそぼそと声を発した。

「三郎とは、七福神のひとり恵比寿《えびす》（夷）三郎の御名から、頂戴致しました」

本当かよ……と鞍之介は内心慌て、冷や汗をかいた。

(そんなこと、何も聞いてなかったぞ)

だが庵主は、闇の中で仄白く微笑して頷いた。

「ああ、縁起のいい名前だこと。恵比寿三郎とは……イザナギとイザナミの三番めのお子ですね。ええ、そのスノサブロウの名を頂戴します」

「有難うございます」

「その名付け親はそなたたち三人であると、時が来たら坊に伝えましょう」


門の外に出た三人は、橋の上で誰からともなく立ち止まった。もうここに来ることはないという思いで振り返り、再び寺を眺めた。

黒々として静かに息づく深い森が、寺を覆っていて何も見えない。坊は、その中心にすっぽりと呑み込まれてしまったのだ。

蘭童が、その森を放心したように眺めながら、

「相い見るは是《こ》れ　何《いず》れの年ぞ……」

と古《いにし》えの漢詩を口ずさんだ。

すると寸ノ吉が、相い見ることなんてもうないすよ、とグスグスと鼻を啜った。

「いや……」

と、ずっと黙り込んでいた鞍之介が呟いた。

「また会おう、スノサブロウ。元気で大きくなれよ」

そして三人は沈黙し、静寂の奥に耳を澄ませた。

森の辺りから赤子の泣き声が聞こえたようだったが、或いは猫の鳴き声だったかもしれない。

第二話　昼の月

鎌倉を生きて出《い》でけむ初鰹《はつがつお》（芭蕉《ばしょう》）
——この鰹は、鎌倉から江戸魚河岸に向かった時は、
　まだ生きていたのだなあ

一

「おかみさん、ちょっと来てくだせえ、お客さんです」

ドシドシドシ……と小走りの足音が近づいて来て、廊下から義弟の平四郎《へいしろう》のよく通る声がした。

だが『伊勢寅《いせとら》』のおかみお須賀《すが》は、甘い香りのする花橘《はなたちばな》の枝を、無言でゆっくり甕《かめ》に活け続ける。

今年は温暖なせいか、卯月《うづき》（旧暦四月）に入ってすぐ庭に白い花が咲き始めた。

今朝、思い切ってその沢山の花の枝を剪《き》ったから、誰にも邪魔されずに、活けてしまいたかったのだ。

「遠藤《えんどう》様がお見えでして」

と平四郎の催促の声に、お須賀はやっと手を止めて振り向いた。

「……遠藤様って、西尾《にしお》屋敷の？」

西尾屋敷とは三河西尾藩六万石の上屋敷のことで、江戸橋《えどばし》にあり、日本橋魚河岸に最も近い藩屋敷の一つである。

活鯛《いきだい》屋敷と呼ばれる幕府の売上所の近くにあって、毎日のように伊勢寅から、沢山の魚を買い上げてくれる大得意である。

その屋敷の諸々《もろもろ》の雑事を扱う世話役の遠藤久兵衛《きゅうべえ》は、〝縁遠いさん〟と陰では呼ばれ、敬遠されている。この人が訪れる時は、苦情だの予約取り消しなどと、ロクなことがないからだ。

「何の御用？」

「何だかしんねえが、食中《しょくあた》りがどうとかと……」

「食中り？」

お須賀はビクッとして手を止めた。その言葉は魚河岸では、聞いた途端、スッと背筋が寒くなるような威力があるのだ。

今の季節に食中りと言えば、鰹に決まっている。

お須賀は平四郎に、二、三のことを確かめた。

「そう、分かった。すぐ行くから、お待ち頂いて」

「玄関でいいっすね」

化粧をしていなくても瑞々《みずみず》しく美しいお須賀の素顔に、平四郎は眩しげに目を止めてから、廊下を去っていく。

お須賀は剪り取った花枝を、蠟紙《ろうがみ》で急ぎ包んで床の間に乗せ、前掛けを外し、乱れ毛を整えながら鏡に顔を映した。

なんてひどい顔……。

娘時代は、化粧が煩わしいほど輝いていたのに、昨年、夫の寅吉《とらきち》に先立たれてからは、濃いめに化粧をしないと、老け顔に見えて仕方がなかった。

お嬢さん育ちのまま、十八で日本橋魚河岸の魚問屋に嫁いできたが、もともと肌に合う商売では全くない。

世田谷《せたがや》にある代官屋敷で、三人姉妹の末っ子に生まれ、物心つくころから習い事など諸事をしつけられて、おっとり育った。

そんなおぼこ娘が、日本橋の三味線塾で知り合った寅吉に言い寄られ、魚問屋『伊勢寅』のおかみになったのである。

内気で、世間知らずで、何ごともすぐに謝ってしまうお須賀は、自分には向いていないと初めは断ったのだが、

「何もチャキチャキして男勝りの女子《おなご》ばかりが、いいおかみじゃねえんだし……。店は魚河岸だが、住まいは別だから、魚に触れることも魚くさくなることもねえ。おれはお須賀さんに、毎日、美味《うめ》え魚を食べてもらいてえんだ」

と言われて心を決めた。

親は何かと理由を上げて反対したが、妾腹の娘だから、さほどの障害もなく魚河岸におさまった。それから十二年連れ添い、二人の男児を産んで、三十で寡婦《かふ》になった。

三十一になった今、沢山手がけていたお稽古ごとの中で、今も続けているのは三味線だけ。店のことは一切、番頭で仲買人の半蔵《はんぞう》と、手代で寅吉の弟の平四郎が、切り回している。

幸せな十二年間を過ごしたが、病で夫を失ってみると、未だおかみになりきれぬお

須賀に、周囲の目はひどく冷たかった。

おかみさんと使用人には呼ばれてはいるが、とても魚問屋のおかみとは思えぬ影の薄さだ。

孤立無縁のお須賀が頼りにしているのは、古く忠実な番頭と、自分を〝義姉《ねえ》さん〟ではなく、〝おかみさん〟と意地でも呼んでくれる義弟だけだ。

二

「どうもお待たせ致しました。中でお茶でもいかがですか？」

玄関の上がり框に両手をついて、型通りに挨拶する。

すると戸を開け放って外のうららかな庭を眺めていた遠藤久兵衛は、くるりと向き直った。途端に武士くさい雰囲気が漂ってくる。

「いや、ここで結構」

と三白眼《さんぱくがん》の細い眼を見開いて、吟味するように、じろりとお須賀を一瞥《いちべつ》した。寅吉と同じくらいの年齢だろうが、髷にする髪が薄く、広い額がいつもてかてか光っている。

「先ほども申したが、わが屋敷に、病人が発生しておるのだ」

昨日、西尾屋敷で、内輪の酒宴があったという。

長く務めた御留守居役が国へ帰り、後釜には前に添役の経験もある大和田帯刀《おおわだたてわき》という気鋭の人物が、国からやって来て一ヶ月。

公的な祝賀会が一段落すると、大和田は直属の部下と、今後何かと役に立ちそうな藩士、将軍によしなに取り継いでくれそうな旗本ら八人を招き、自らも大好物の初鰹を自前で振るまった。

宴会が終わり、まずは旗本二人が引き上げ、屋敷住まいの藩士六名は自室に引き取った。ところがその直後、腹痛を訴える者が続出し、大騒ぎになったという。

「藩士四名が吐瀉下痢《はきくだし》が止まらなかった。藩医の診立てによると、食中りだという。宴会で出した鰹が原因であろうと。旗本衆では一人が息災、一人が腹痛だった。鰹の仕入れ元は伊勢寅であるゆえ、まずは確かめに参ったのだ」

お須賀は、さすがに顔色を変えた。こういう時、どう言えばいいかまとまらぬまま、相手を見返した。

「まことに、お勤めご苦労様でございます」

とひとまず言った。

「でも、あの、鰹はタタキにして召し上がったんでございますか?」

「初鰹を、タタキにしないで食す者がおるのか」

鰹が〝初鰹〟と呼ばれるのは、旧暦四月一日から七日の間に獲れたもののこと。だから四月に入ったばかりの現在は、目の玉が飛び出そうな値段で飛ぶように売れるのだった。

今年の初鰹の一番手は、一匹が二両(約二十万円)だったと、お須賀は聞いた。日本橋の富商と、人気の歌舞伎役者が、それを争うように二匹ずつ買ったと。

「いえ、もしその鰹に原因があったとのお診立てでしたら、仕入れ元より先に、台所方にお話を伺うのが筋じゃございませんか?」

その持って回った言い方に、久兵衛は白目の多い目をむいた。

「ここへ来る前に台所方を調べたかと? 仕入れ元より、料理人の方が怪しいと?」

「い、いえ、そうは申しておりませんですが、当方には、滅多なことはございませんので、そう申し上げるしか言いようが……」

「むろん板長を呼んで話は聞いた」

と遠藤はお須賀の言葉を遮って言った。

「答えは、手順を踏んできっちり魚を捌《さば》いたと。ただ魚が少し……」

「魚が少し？」

　とその時、突然背後で声が上がった。

「少しどうだったんで？」

　お須賀は飛び上がりそうになった。斜め後ろにいたはずの平四郎が上がり框まで這い進んで来ていて、いつの間にか隣に陣取り、濃い眉を吊り上げて久兵衛を睨みつけていたのだ。

「ち、ちょっと、お控えなさい」

　初めから喧嘩腰の平四郎に、慌ててお須賀がたしなめた。この義弟は亡くなった兄とは違って気が短く、カッとなるとすぐ見境いなく突っかかって行く癖がある。

「いや、控えるも何も、手前がその鰹を、若え衆《わけし》に持たせた張本人なんでして。その板長か板半か知らねえが、伊勢寅の魚が古いとか何とか抜かしやがったら……」

「分かった分かった。それがしは、そうは申しておらんぞ。板長は、魚は少し……小ぶりだったと」

「小ぶりですと？　そんなはずはねえすよ」

「まあ、そんなことは、今はどうでもいい。いま確かめたいのは、鰹を届けたのは、伊勢寅の若い衆に間違いないかどうかだ。板長はその魚をすぐに捌いてタタキにし、冷暗所に保管したと申しておる」

「へい、そりゃご無礼致しやした。ただこれだけは言わせてくだせえ。手前が、うちの若え衆に魚を渡したのは六つ半（七時）、そいつがお屋敷に届けたのは、朝五つ（八時）にもなってねえはず……」

「そこまでになさい」

お須賀はきつい声で制し、久兵衛に向き直って頭を下げた。

「ご無礼を申し上げました。とすれば、調理場も仕入れ元も、疑わしい点はない、ということでございますね？」

「しかし患者が出た以上、どこかに原因はあろう。詳しい調べはこれからだ……」

と久兵衛は言葉を濁した。

するといつの間に出て来たのか、背後から番頭の半蔵がおかみの背をつついて、古びた売上帳を差し出した。お須賀は、そこに開かれている頁に目を走らせた。

そこには誰にも読める和文字の他に、店独自の符牒《ふちょう》が混じっている。それは読めないお須賀は、和文字だけを目で追った。

「ええと、はい、間違いございません。うちの新助《しんすけ》が、辰《たつ》の刻（朝七時〜九時）にお届けしたと、ここに書かれております」

「うむ」

「ご存じの通り、鰹はいつも七つ時（午前四時）には、活きたまま魚河岸に陸揚げされております。その状態で江戸橋のお屋敷にお届けしたのですから、うちは食中りには関係ないと心得ます」

「調べはこれからだと申したばかりだ。それがしがここに来たのは、今日をもって、伊勢寅との取引は一時的に差し控えると、そう伝えるためだ」

「えっ」

今、お屋敷との取引を止められると、寅吉亡き後、傾き始めた伊勢寅の経営は、お須賀の目にもかなり厳しくなると見えている。

「結果は出てるじゃありませんか」

「大和田どのの立場も考えてみよ。せっかくの初鰹が、とんだ災いの種になってしまった。お客には旗本衆もおられたから、メンツ丸潰れだ。これで死人《しびと》でも出たらどうなる」

「でも差し止めは、結論が出てからでもよろしいのでは?」

「そなたの申すことではなかろう」

「…………」

「いつ頃、結論が出るかはまだ分からん。ともあれ我が藩は、伊勢寅の魚は当分差し控えることになる。こちらから指示があるまで待て、いいな」

言い放って、久兵衛は出て行った。

三

「ふう……」

茶の間に引き上げたお須賀は、足を投げ出さんばかりに横座りして、くたびれたように溜息を吐《つ》いた。玄関でやりとりを聞いていた半蔵と平四郎も、ついて来た。

「あたし、こんなにズケズケ物を言ったのは、生まれて初めてです。もっとましな言い様があるなら、教えておくれ」

「いや、おかみさんは、ちゃんと言いなすった。後はなに、放っておきゃいいんでさ。ありゃァ少し、内向き過ぎます。そりゃ大和田様もお気の毒だが、巻き添え食ったこちらの立場はどうなります」

日頃は無口な半蔵が、怒りを滲ませて声を上げた。

「鰹の食中りなんざ、この江戸じゃァ珍しくもねえんだ。誰にだって、鰹を食って腹が痛くなり、桜の皮を舐めてしのいだことが、一度や二度ありますよ。それをまるでコロリか何かのような、大袈裟な扱いだ。ありゃァ、体面を気にしなさってのこと、大体、魚河岸のわしらが傷んだ魚を売るなんざ、あるはずがねえんだ。そこんとこ田舎侍てぇのは、頭が固く、四角四面でいけねえ」

もともと初物は縁起物で、食べると七十五日寿命が延びると言われている。中でも初鰹は、寿命がその十倍の七百五十日伸びると言われ、特別だった。それで江戸っ子の人気をさらったのだ。

ただ鰹は傷みやすく、すぐ鮮度が落ちる。

傷みだすと肝にいた寄生虫が、肉の部分に出て来て悪さする。

だから夜明け前に魚を陸揚げすると、魚河岸はまさに戦場だった。仲買人は出来る限り早く魚問屋に納め、店では買い出しにやって来た小売商や、料亭や、鮨屋に売りまくる。

だが客の中には魚を見るや、すぐに値切ってくる目利きがいる。店側はそんな相手を瞬時に見分けて、手際よく商談を進めていく。

すべてが迅速に進むから、取引は四つ（十時）には河岸引け（終り）となり、十一時には店終いとなるのである。

一方、その魚問屋から魚を買った棒手振《ぼてふ》りは、すぐさま天秤棒を担いで、町に飛び出していく。昼を過ぎれば、値切られるからだ。

下町のおかみさん連は馴染みの行商人を待ち構え、売れ残りを安く買い叩いて、ぎりぎりのところで買っていく。

高価な初鰹も、こうして安く一般庶民に行き渡るのだ。

だから食傷（食中毒）も多い。薬屋はそれを見越して、「十味《じゅうみ》敗毒湯《はいどくとう》」などの解毒剤の他に、噛めば解毒に効くと言われるヤマザクラの木の皮を、十枚一束にして店頭で売り出すのだ。

「でも、旦那様が存命の時は、こんな騒ぎはなかったでしょ。伊勢寅《うち》じゃ昔から一度も、食中りの騒ぎはなかったと聞いてます。今こんなことが起こるのは、おかみの私に力がないからだ」

とお須賀は、気落ち顔で言った。

「そりゃ違いまさ。運が悪かったのは、お屋敷の御留守居さんが、代わったことですよ。あの遠藤差配は、大和田様にえらく気ィ使っておいでだ。ただ、まあ、〝縁遠い〟とはいえうちとは古くからの付き合いだ、悪いようにはなさるまい。初めは厳しくても、そのうちウヤムヤですよ」

と半蔵が長い顎を頷かせて、慰めるように言う。

「しかしいったん悪い噂が立ったら、信用はガタ落ちになる」

と平四郎が勢い込んだ。

「そうでなくても、旦那が亡くなってから、舐められっ放しだ。取引停止をちらつかせ、大枚《たいまい》の見舞金を巻き上げようって魂胆《こんたん》よ。わしら、一歩も引かねえってとこを見せなくちゃなんねえ」

お須賀は頷いて若い義弟を見やった。

鯔背《いなせ》銀杏《いちょう》の髷がよく似合う、十八歳。

父親が晩年、花街の女に産ませた子で、兄寅吉とは親子ほど年が離れていた。本当に旦那様のタネか、などと陰口を聞かれつつ五歳で連れて来られ、家族に馴染《なじ》めずしばらく口を聞かなかったという。

だが今はどこからどこまで、威勢のいい魚河岸の若衆だ。

揉め事ばかり起こすと評判は悪いが、向こう見ずは減点としても、頭の回転は速く、腹の据わったところがある。加えて、美しい義姉のお須賀の前では、蛇に睨まれた蛙のようにおとなしい。

「おれ、先ほど、おかみさんが出て来なさる前に、患者に会わせてくれって突っ張ったんでさ。ところがあの旦那、屋敷内に広めたくねえから、患者には会わせねえと言いなさる。どうも何か隠してるような気がして仕方ねえんだが」

「そりゃ、平さん、隠して当たり前だよ」

と半蔵が首を振った。

「差配なんてェのは、そんなもんだ。身内の恥を隠し、何とか体面を守るのが仕事だ。わしらも、因縁をつけられ見舞金を巻き上げられんよう、せいぜい気をつけるこった」

そんなやりとりをお須賀は、女中が入れてくれたお茶を啜って、黙って聞いていた。何か考え込んでいる。

「しかし、どうも気に入らねえや。あそこのクソ板長が手抜きしたんでなきゃ、どうして食中りなんか起こったんだ？　誰かが細工したとしたら、とんでもねえこった。おれ、明日にももう一度、屋敷に当たってみますよ」

「余計なことはせん方がいいんじゃねえか。うちは関係ねえと証明出来りゃ、それでいいんだよ」

と番頭が顎を撫でながら言った。

「だから、番頭さん、関係ねえと証明するために、屋敷に行くんでさ。おかみさん、それはどうすか？」

「ええ、誰かが注意を怠ったのです。でもうちと料理方はどちらも大丈夫であれば、誰か手を加えた者がいたのかも……」

とお須賀は不安そうに言い淀み、

「まあ、気をつけて行っておいで。ただ揉め事はいけませんよ」

と言って、自分の部屋に引き取ったが、し残したままの活け花にも手をつけず、物思いに耽っていた。

四

その翌日の午後、お須賀は若い女中を供に連れ、堀留町の夫の菩提寺《ぼだいじ》まで墓参りに出かけた。

寅吉の月命日は三日前だったが、雨が降っていたし食中り事件があったりで、二日遅れの墓参になった。

二人の子を寺小屋に送り出し、帳簿の書き入れも終えた午後が、自由に過ごせる時である。

お参りを終えてから、いつものように庫裡《くり》に立ち寄った。毎月、墓にかかる諸経費に手土産を添えて、帳場に渡すのである。

この日は帳場に、よく顔を合わせる若い僧と愛想のいい寺男がいたので、あれこれ世間話に興じて、しばし憂さ晴らしをした。

だが帰りぎわになってふと思い出し、

「ああ、そういえば、お墓に新しいお花が供えられてました。どなたか月命日に、お参りに来てくれたんですね？」

と問うたところ、僧が声を上げた。

「あっ、そうそう、申し遅れました。先日は、あの大旦那が見えたんですよ、ええと『伊勢富《いせとみ》』さんでしたか……」

「富十郎《とみじゅうろう》伯父ですか？」

「そうそう。毎月はなかなか来れないから、せめて来られる時にはと。ええ、あの日は朝から雨でしたが、ちゃんとお参りに来られて、ここで話していかれましたよ」

富十郎は寅吉の父の兄で、伊勢屋一門の長老的な存在だった。

同じ魚河岸の魚問屋『伊勢富』を息子に譲り、今は本小田原町《ほんおだわらちょう》の組行事など世話係をつとめている。

「まあ、それは有難いことです……」

などと屈託なく笑って寺を出たが、何とも言えぬ憂鬱な気分に閉ざされた。実はお須賀はその富十郎から、再婚話を持ちかけられているのである。

伊勢寅の若おかみは店を引き受ける気がなく、若い平四郎に店を任せっ放し……。巷《ちまた》に流れるそんな由々《ゆゆ》しき噂を聞き、その目で確かめ、店を立て直すため、乗り込んで来たのだ。

この世話好きな伯父が、再婚相手として勧めたのは、日本橋ならぬ、神奈川《かながわ》の魚河岸で仲買人をしている三州屋惣右衛門《さんしゆうやそうえもん》だ。亡き寅吉の、二つ年上の長兄だから、お須賀には義兄にあたる。

子どものころから勘がよく、将来を期待されていたが、十代の終わりに思いもよらぬ不始末を仕出かして、家を追われた。

花魁《おいらん》に溺れ、身請け金を捻出するため、店の金に手をつけたのである。父は、莫大な金の紛失を盗賊の仕業と思い込み、奉行所に届けた。ところがその賊が我が子と知って、届けを取り下げ、惣右衛門を義絶《ぎぜつ》して、次男寅吉に店を譲ったのである。

お須賀は一度も会ってはいないが、話は聞いている。

その女とは、五年足らずで別れ、富十郎の口ききで、芝浦《しばうら》の魚問屋に勧めたという。

その後、独立して神奈川に渡り、子どものころから培った勘を生かし、仲買人として成功しているという。

「あんたのような別嬪《べっぴん》を、このまま独りにしておくのも宝の持ち腐れよのう。伊勢寅と、二人の坊やの将来を考えると、あちらから惚さんを日本橋の生家に呼び戻し……、まあ出来ればあんたと夫婦になるのが一番、とわしは思うんだがどうだろうね」

富十郎は、そのようにお須賀に持ちかけた。

「あれも、家に迷惑こそかけたが、ああ見えて腹のきれいな男だ。たまにそこらで出会うと、いつも奢《おご》ってくれる。のう、悪いこたァ言わねえ。もう一度、寅吉時代の威勢を取り戻してみんか……」

富十郎は自分の言葉に頷き、声を潜めた。

「今後も、伊勢寅に赤字が続くようじゃ、わしも考えなきゃならん」

(赤字が続いたら、どうなるのだろう)

とお須賀は不安だった。

伯父の言うことも分かるが、どう言われても今は、再婚など考えられない。不器用な自分には、生涯一人の男にしか務まらないのだ。

ただもし富十郎がこの食中り事件を知ったら、何と言うだろう。

富十郎から聞いたセリフは、頭に刻み込まれている。

「魚河岸は〝一日千両（一億円）〟と言われる商い場だ。毎朝、千両が動くのだ。そんな場を、女手一つでしのげるわけがねえ。良くも悪くもあんたは、義弟と四人の使用人を抱えるおかみで、二人の育ち盛りの子のおっ母だ。悪いこたァ言わねえ、魚河岸で生きていく気なら、身を固めた方がいい……」

その言葉は、毎日頭の中で鳴り響く。

持ち込まれた再婚話は、番頭や平四郎に伝えていないが、勘のいい平四郎はうすうす気付いているようだ。

富十郎はもしかしたら、お須賀が月命日には必ず墓参に行くのを知って、墓前でバッタリ会うのを期待して来たか？　返事は急がないと言いつつ、顔を合わせば返事を催促する。

お須賀は、この話を番頭に相談するべきか迷っていた。

「あの伊勢富は代が変わってから、客が減ったそうですぜ。うちの店をどう扱うかしれたもんじゃねえ……」

と番頭は真っ先に反対するだろう。

ともあれ、自分はこのままではいけないと思う。勧めに従って再婚すれば、店も奉公人も二人の子供達も助けられるのだ。

そんなことを思って通りすぎる家々や、道で行き交う男女は、すべて、回り燈籠《どうろう》の中の絵のように思われた。

五

鞍之介はその日、ひどい肩凝りと首の痛みに悩む患者の、何度めかの治療にあたっていた
患者は両国橋の宿屋『十文字屋《じゅうもんじや》』の調理長で、四十代半ばの征次郎。

宿泊客の毎日の晩餐で、板長として数人の板前を指揮し、包丁を振るう。大きな宴会が重なる日が続くと、イライラが嵩じ、全身が凝るのだと訴える。

「しかし、よくここまで我慢したもんだ」

とその固い体に触れてみて、鞍之介は驚いた。

「まあ、刀を持つと肩が凝るもんですよ。包丁は〝包丁刀〟という刀だから」

「いや、わしは逆に包丁を持つと、スウっとしまさあ」

「そのツケが肩に回ってるんですよ」

「しかし今は、毎日、何十匹も鰹を捌いてますんでね。脂《あぶら》がよくのってるし、魚体といい鮮度といい文句なしだ。そんな体に、グサッとこう刃を入れる。それはもう、極楽極楽でねえ……」

などと喋りながら、腰の骨、背骨、首の骨とゆっくり触れていく。

そんな念入りな触診の結果、指先は、背骨と首の骨の微妙なズレを捉えていた。ここから、激しい首の痛みや肩凝りが来ていると考え、背骨を正常な位置へ戻そうと、親指で刺激を与えていく。

「さて、ちょっと起き上がって、歩いてみてください」

と言われ、患者は立ち上がりそこらを歩いてみて痺れが消えたと、すっかり嬉しがっている。

すべて鞍之介の指先が、働いてくれたのである。

「じゃ、あと少し揉んでお終いにします。今日もこれから、大いに鰹を捌いてくださいよ」

と再び征次郎を俯せにして、骨の継ぎ目を揉んでやる。

「先生、ぜひ一度、十文字屋《うち》の初鰹を召し上がってくだせえよ。ああ、そういやァ……」

征次郎は思い出したように言った。

「今年も、魚河岸で、鰹の食中りがあったようで」

「へえ、魚河岸でも、そんなことあるんですかね？」

「さて、何だかよく分かんねえ話でさ。魚河岸に悪い噂が流れるのを恐れて、魚問屋は滅多なことは喋らねえ。患者が出たのはどこぞの藩屋敷らしいが、こちらもまたつまらん噂が幕府に届くのを恐れて、ダンマリを決め込んでる……」

この季節には、必ず一、二度は耳にする話である。

「ま、死者さえ出さなきゃ、噂だけで終わりだがね」

「十文字屋さんも気を付けてくださいよ」

鞍之介は言って、診断書を書くため小机に向かった。だがふと思い出したように、帰り支度をしている征次郎に言った。

「ちなみにその魚問屋って、魚河岸のなんて魚屋なんで？」

自分が師範代を務める日本橋の柔術道場にも、魚河岸から何人かの若い衆が来ているのを思い出したのだ。

「さて、そこまでは……」

鞍之介は筆を握った手を止めずに、頷いた。

六

　平四郎はその日の午後、藩屋敷を訪ねて久兵衛に掛け合い、案内係付きで屋敷内に入る許可を得た。

　若い藩士の案内で、床に伏せっている何人かに会い、幾つかのことを訊いて来て、まずはお須賀に報告した。

「病状の出た四人のうち、二人は軽くてもう絶食を脱し、お粥を食べるようになったそうです」

　残りの二人がまだ痛みも消えず絶食状態で、そのうちの一人が重態だという。

ただ、差配の言葉と食い違っていたのは、板長は事件当日は休みで、助っ人で回された古参の彦三《ひこぞう》という板前が魚を捌いたという。

　鰹が届いた時から立ち会い、一部始終を見ていた板前の話では、届いた鰹はすこぶる活きが良く、捌いた彦三の包丁の腕も見事だったと。彦三はもう七十近いが腕が立つため、上屋敷、中屋敷、下屋敷の台所の、非常時の出張用員として重宝されているらしい。

だが昨日は板長はいたが、彦三はまた助っ人で、他に出張していて不在だった。

「どうもあの遠藤差配は、信用ならねえすよ。助っ人の板前が今どこにいるかも言わんのだし……」

と平四郎は疑わしげに首を傾げていたが、

「ま、いずれにしても伊勢寅は、今度の食中りには無関係だってこたァ、証明出来ますよ」

「それは良かった……」

お須賀は、一応は胸を撫で下ろしたが、調べをやめろとは言わない。あの事件には〝下手人《げしゅにん》〟がいる、という思いが消えないのだ。

「でも、仕入れ元と料理人に落ち度がないなら、一体どうしてあんなことが起こったのかねえ?」

「患者を一人ずつ回って話を訊きゃァ、そんなこたァすぐ分かるんだが、そこは何ぶんにも藩邸でして。案内人抜きじゃ、奥へは一歩も入《へ》ェれねえ。おまけにこっちは魚屋、あちらはお侍《さむれ》ェだ。どうにも分が悪くていけねえ」

と平四郎は腕を組んだ。

「じゃ、お医者さんは？　詳しくご存じなのはお医者でしょう。何とか会って、詳しく訊き出す方法はないの」

「それはそれで難しいんでさ。あちらは藩医だから、仮に面会は出来ても、藩に都合悪いこたァ言わんすよ」

「それもそうだ。まあ、平さんは睨まれてるんだから、もうこのくらいになさい」

「しかし、落ち度もねえのに取引停止じゃ、業腹《ごうはら》でさあ」

「もういい。向こうさんだって、うちと取引を続けた方がいいに決まってる。どうせ、そのうちうやむやになるでしょ」

「へい、おかみさんがそう言いなさるなら、分かりやした。ただ、彦三なる板前にも会ってみてえし、あと一回だけ……そう、また明日にでも旦那に掛け合って、藩邸に乗り込んでみまっさ」


頭上をカモメがゆるやかに舞い、町家の庭先から花橘の甘い香りが漂う、翌日の春らしい昼下がり。

平四郎は飲食店が立ち並ぶ日本橋通りを少し北へ進み、行きつけの床屋に寄った。大通りに戻って日本橋まで人混みを縫ってぶらぶら歩き、橋の手前を、左に折れる。

ここから江戸橋までが、日本橋でも最も有名な魚河岸通りだ。

だが朝のあの繁忙はどこへやら、午後の通りは閑散としていた。店先に並ぶ魚を覗き込む冷やかし客と、餌を漁《あさ》る野良犬が、ちらほら目につく程度である。

それも夕映えが西の空を染めるころ、また活気づくのだが、平四郎は東に抜けて江戸橋に出た。

橋を渡ると、本材木町《ほんざいもくちょう》を堀割に沿って進み、海賊橋《かいぞくばし》を左へ渡れば、西尾藩屋敷の塀の前に出る。

平四郎は塀に沿ってゆっくり歩いた。

お須賀に止められても来るのは、実は、いつぞや富十郎が奥の間で話し込んでいた再婚話を、隣室で聞いてしまったからである。

むろんその話は、今度の食中り事件と関わりがあるわけではない。

ただ伊勢寅を守り維持するために、お須賀は再婚話を進めなければならぬ。そう言い募る富十郎の話に、向かっ腹を立てたのだ。

夫寅吉を失って、一人で頼りなげに咲く花のような義姉に、新しい旦那が出来る？　そのことがやみくもに平四郎を動かすことになった。

何としても食中りの話は、自分の手で解決に漕ぎ着け、再婚話に乗り気ではないお須賀をこちら側に引き戻したいのだ。

門まで歩いて、番所の門衛に遠藤久兵衛の名を言うと、外出中だと言われた。いかほどでお帰りか問うてみると、分からないと言う。

さてどうしようか。佇んだまま考えたが名案はない。

ともあれ伊勢寅の平四郎と名前を言い、しばらくしてまた来る旨を伝えて、ひとまず門前を離れた。この辺りは、魚河岸からさほど遠くないのに滅多に来ないから、少し歩き回ってみるのもいいか、と思ったのだ。

通りには人けはないが、日本橋川をぎっしり埋める船の、上り下りする櫓の音が、ギイギイと何かの唸りのように響いてくる。

この道をまっすぐ進むと、八丁堀《はっちょうぼり》に突き当たる。

この一帯は、町奉行所一色の土地柄だった。奉行配下の与力や同心のお屋敷、組屋敷が整然と連なっていて、飲み屋や茶屋などはおよそ見当たらない。

だが行き当たりばったりに歩くうち、空腹を覚えていた。

先ほどの海賊橋に戻って店を探し、軽くそばを手繰《たぐ》ってから、お屋敷に戻るのがいいか。そう思い立ち、人けのない陽だまりの堀割沿いの道を引き返しかけた。そんな時である。

数人の武士がゾロリと現れたのは、丹波綾部《たんばあやべ》藩の九鬼《くき》様のお屋敷の辺りだったか。

平凡な小袖にややくたびれた袴姿の、ごくありふれた武士（もしかしたら浪人か）の一団だったが、近づいてきて距離が縮まった時、平四郎は強い殺気を感じた。

特に武術に長《た》けていたわけではないが、平四郎には、柔術の多少の心得があった。

五歳で兄寅吉のもとに引き取られてから、十歳を過ぎるころ、これからの町人は護身術を学んだ方がいいと兄に勧められ、家からほど近い日本橋富沢町の柔術道場に通わされたのである。体格はがっしりしていたし、筋は良く、おもしろくてたまらなかったのだ。

相手の男どもは覆面はしていないが、手拭いで顔の下半分を覆っている者が二、三人いた。

思わず道端に避けようとしたが、相手は横一列に広がって、通せんぼをしてくる。

やむなく突破しようと突き進んでいくと、すれ違った一人が、脇差を鞘から抜かぬまま大上段に、振りかぶってきた。

それはヒュッと音を立てて空気を切り、脳天を割らんばかりの威力で、振り下ろされたのだ。

危うくその腕を掴んで、怒鳴った。

「おいおい、お侍ェさん、何しやがんでえ。ここは八丁堀、お役人の町だと知っての狼藉《ろうぜき》かい？」

　腕を取られた男は手から刀を落とした。平四郎は、そのまま引き手でグイと相手の体を引き寄せ、重心を崩してよろめいたところを、大外刈《おおそとが》りで投げ飛ばした。

　残りの者らが、どっと平四郎を囲んだ。

「やいやい、この真ッ昼間に大勢うち揃って、何の真似ですかい！」

　平四郎は開き直った。

　だが四人は、木刀を手に下げたまま、或いは左手で腰の刀を押さえたまま、無言でじりじり寄って来る。

「やるならやるで、挨拶ぐらいしてもらいてえ。おれが何をしたってんでえ？　目障りだから、ぶちのめして半死半生にしようたって、そうはさせねえぞ」

　叫んで咄嗟《とっさ》に身を屈め、正面の細身の男の腹に食らいついて、両手で相手を持ち上げる荒技に出た。

　肩と腕の力には自信があった。これまでさんざん、棒手振りの行商で荷を担がされたから、肉が盛り上がっている。そのままぐるぐる回して、ヤッと掛け声をかけて遠くへ投げ飛ばした。

　だがその時、後方からの鋭い一撃が平四郎の左の利き腕をしたたかに打った。木刀だったが、息の止まりそうな激痛だった。ウッと呻いてよろめき、倒れないよう腰を落として全身を支えた。

その隙を狙って、前後左右から打ち込まれ、平四郎は腕でそれをはね返しながら、頭を抱えて囲みから逃げ出したのだったが……。

七

フッと息をして薄目を開くと、暗い天井が目に入った。

周囲に漂う消毒液の匂いが、鼻をつく。それが気つけ薬になって、目を覚ましたのかもしれなかった。

「小僧、このシマに二度と近寄るな。次は生きて帰れんぞ」

耳の奥に、不意にこんな声が蘇える。

気絶する寸前に、耳に突き刺さった言葉だった。

(ここはどこだ?)

一瞬の竜巻に遭ったような気がした。顔や、頭や、足や……体中がズキズキと痛んだ。腕をそっと動かしたが、痺れたようになっていて動かず、感覚もない。

その時、そばに誰かいるのに気が付いた。だが目がよく開かず、ぼんやりしか見えない。たぶん両方の瞼が腫れ上がっていて、目を覆っているのだろう。だが淡い明かりの中に、やっとその横顔が仄見えた。お須賀だった。

枕元に座っていて、ほんの一時、目を閉じていたらしい。

なぜここが？　自分は誰かに身元を言ったような記憶はないが、どうやら無意識に、伊勢寅の名を口走ったかもしれない。

今の自分には両親も兄もいないが、自分に何かあったら、この義姉はきっと飛んで来てくれるのだ、と思うとふと胸が熱くなる。

「あら、気ィ付いた？」

平四郎の視線を感じて、お須賀が驚いたように叫んだ。

「おお、平さん、生きてたか」

と続いて言ったのは半蔵だった。

死なないで良かった……とはお須賀は言わなかったが、両手で顔を覆うのを見て、そう聞こえたような気がした。

大丈夫ですと言いたかったが、口をきくのはひどく億劫《おっくう》だった。

左腕を、木刀でしたたかに打たれ、さらにあちこち乱打され、激痛のため頽《くずお》れたのは覚えている。その時、前方から走り寄って来る足音が聞こえ、連中はあっという間に逃げ散り、ばらばらに小路に飛び込んで姿を消した。

平四郎はうつつにそれを見送り、白昼の路上で、暗闇に吞まれるごとく気を失ったのである。

どうやら近くの自身番に運ばれたようだ。

戸板に載せられどこかに運ばれる自分。名前は何てえんだ、誰にやられた、と耳元で問う複数の声。応急措置で呼ばれたのだろう、腕を包帯でぐるぐる巻いていく医師の手……。断片的な光景が、脳裏に切れ切れに浮かぶ。

それからまたうとうとして、どれくらいたったものか。そばにはまだ、お須賀と半蔵が付き添っていた。やっと口がきけたから、あの事件のことをボソボソと語った。

二人が帰ったのはもう真夜中だった。

平四郎はここでもうしばらく安静にし、明朝もう一度、医師の治療を受けることになっていた。

半蔵はお須賀とともに家に帰るが、明朝は魚屋の仕事が一段落してから、舟で迎えに来るという。

二人が帰ってから、平四郎はまたお須賀の姿を思い返した。

寅吉が他界した後、縁側や、庭の隅で、ひっそり泣いている姿を何度か見た。夜、姿が見えなくなって皆で探し、寝静まった魚河岸の店の閉ざされた大戸の前に、呆然と立ち尽くす姿を見たこともある。

今、動けなくなってしまった自分が、呪わしくて仕方がない。早く何とかしないと、お須賀は他の男の女房になってしまう。

翌朝四つ（十時）、いったん店から戻った半蔵が若い衆を連れて、平四郎を迎えに出て行った。

お須賀は女中を連れて買い物に出た。

朝から混雑している日本橋大通りで、病人に必要な物を買い整え、さて本小田原町へ帰ろうと雑踏を縫っていると、

「おかみ、お須賀さん……」

と呼ぶ者がいる。そちらを見ると、何と、人混みの中にあの富十郎の姿が見えた。

「まあ、伊勢富の伯父様……」

立ち止まると、富十郎は太めの体軀を揺すって、近寄って来た。

「やれ、ちょうどよかった。今そちらに行くところだったんで、手間が省けたよ。い

や他でもない、平四郎が昨日、何かやらかしたそうじゃねえか？　聞いた限りじゃ、お侍ェ相手に大立ち回りして、番所のご厄介になったとか……」

「えっ？　そんなことはございませんよ」

とお須賀は唖然として言った。

「まあ、ここじゃ何だから」

と少し先の茶店へ向かう富十郎の後を追いながら、お須賀は女中に買い物の荷を託し、先に帰した。

店は混んでいたため、外の縁台に並んで陣取ってから、お須賀は事情をかいつまんで話した。

「番所のご厄介にはなってますけど、見知らぬお侍達に囲まれて、木刀でめった打ちされたんだそうで。私にもよく事情が分からないんです」

「ふーむ。ともあれ、伊勢寅が届けた初鰹で、お屋敷に食中りが起こったのは確かなんだろ」

「いえ、それは違います」

「それを咎められた平四郎が、お屋敷の連中に喧嘩を吹っかけて、番所預かりになったんじゃないのか。斬られずに済んで良かったよ」

そうではないと幾ら言っても、聞き入れる気配もない。

「あいつ怖いもの知らずで、すぐお侍ェとコトを構えたがる。その辺をよく言っておきなせえよ」

お須賀は心底腹が立ったが、ともかく西尾屋敷の食中りのとばっちりで、何の罪もない伊勢寅が、取引を停止されたと訴えた。

「ふむ、どうすりゃいいかは、先刻心得ておるわ」

と富十郎はあっさり言った。

「こんなことで慌てるこたァねえ。こちらの無実をよく説明した上で、見舞い金の一両も包めばいいんだ。何なら、これから屋敷に伺って、話をつけてもいい」

「いえ、もう、何とか収まったので……」

相手は二重顎を揺らして頷いた。

「ただお須賀さん、こんなこた言いたかねえが、これくれえの騒ぎが押さえられねえようじゃ、この先つとまりませんぞ」

例の話よく考えてほしい、と決まり文句を言われて漸く別れたのである。

八

「おお、えらい目に遭ったもんだねえ」

腕と頭にまっ白な包帯をグルグル巻いた平四郎の痛々しい姿に、鞍之介は、驚きの声を上げた。この患者のおかげで定刻に昼飯を食べ損なったのだが、そんな恨みはいっぺんに消し飛んだ。

あの十文字屋の話の中の人物は、この若者だったのだ。

応急処置を受けて番所で夜を明かした平四郎は、朝になって、役人が呼んでくれた金創医《きんそうい》の治療を受けたのだが、およそ不満だらけだった。

柔術を修練してきたおかげで、体の故障にはそこそこ通じている。これは痛みの度合いからして、肘関節を損傷し脱臼を起こしていると思われるが、医師は塗り薬を処方したのみだった。

これは名倉に行かねばならん、と思い立った。

魚河岸近くには江戸で大評判の『日本橋名倉』があったが、長く通っている柔術道場の師範代・一色鞍之介が、駒形で接骨院を開いている。

平四郎は日頃から、そちらまで足を運んでいたのだ。

魚河岸を終えた半蔵が迎えに来た時、行く先を〝駒形の接骨院〟と指示した。

江戸橋から日本橋川を下って大川に出て、上流に向かう。大川橋下まで漕ぎ上がるのに、四半刻（三十分）ほどか。

「ふーむ、なるほど。今の話を聞いて、一つだけ分かったことがある。お前さんの傷は、ほどがいいってことだ」

治療しながら鞍之介が言った。

「ほどがいい……とは？」

「つまりだねえ」

と患者の腕を両脇に挟み、肘関節を両手で摑んでゆっくり伸ばす。同時に、両親指で肘関節を広げるよう操作しながら、言葉を続ける。

「この暴挙を命じたやつは、〝殺せ〟とは言わなかったようだ。二度と鼻を突っ込んでこないよう、痛めつけてやれ……てなことで、死なせぬよういたぶられたのだ」

「てえことは、つまり」

平四郎の耳に、あの最後の言葉が生々しく蘇っていた。

（小僧、このシマに二度と近寄るな、次は生きて帰れんぞ）

「あの食中りには、仕掛け人がいたってえことで？」

「うん、そう思うよ。お前さんは脅されて、もう来るなと引導を渡されたんだ。何か心当たりはないのか？」

「何かって？」

「例えば見ちゃいけないものを見たとか……口封じされるような何かだよ」

「そんなもんねえっす。先日、おれは遠藤差配のお許しを得て、屋敷内をちょいと歩いただけでね。あのゴロツキどもは、屋敷から来たに違いねえ。変なのは、あの藩屋敷の方なんだ」

昨日は屋敷に遠藤久兵衛を訪ねて行き、不在と聞いて、門番に名前を告げた。連中が現れたのは、それから四半刻ほど後だった。

「あらかじめ門番と通じてたのに違いねえす」

「お前さん、藩屋敷の中に知り合いはおらんのか？」

「あいにくそれが、一人も……」

「ふーん。一体その藩屋敷はどこにあるんだ？　日本橋から来てる患者は他にいないんで、よく分からんが」

「ほれ、魚河岸の対岸でさァ。江戸橋を渡るとすぐでして」

「えっ、ああそうか。こりゃどうも」

と急に鞍之介は笑いだした。忘れちゃいけないことを忘れていた。

「その江戸橋の手前に、名倉の若先生がいるじゃないか！」

直賢の三男・名倉知重《ともしげ》である。

十年前に独立し、日本橋のど真ん中に接骨院を開いて、〝日本橋名倉〟と呼ばれ評判となった。鞍之介の三つ年上で、名倉門下の大先輩だが、懐かしい幼な馴染みでもあった。

その場所は、日本橋川に面する元大坂町《もとおおさかちょう》である。

昔、大坂からの商船がどんどん着いた所で、お城にも近い。歌舞伎の三座《さんざ》がすぐそばだから、院の待合室には、日本橋界隈の知名人や役者が顔を揃えているという。名倉の名声を江戸に根付かせたのは、この知重だった。

「しかし、西尾藩屋敷は、名倉とそんなに近かったのか」

これまた何というお誂《あつら》え向きか。屋敷に通じる江戸橋は、あの接骨院のつい目と鼻の先ではないか。

途端に鞍之介の頭に火花が散った。

（あの知重先輩を使え！　藩屋敷は仕事は暇だが、武術だけは余念がないと言われる。

激しい練習であちこち痛めた藩士が、江戸橋をぞろぞろと渡って来ているのでは？）

そう思いつくと心が弾んだ。

互いに忙しいとはいえ、先輩にはしばらくご無沙汰している。ご機嫌伺いを兼ねて顔を出してみるのも、悪くないか。

「うん、日本橋名倉の若先生なら、一人二人の藩士を患者にしているに違いない。ご機嫌伺いにかこつけて、ちと訊いてみるか」

と呟く声に、平四郎は初めて包帯に囲われた顔に笑みを浮かべた。

「すまんです、先生。お願いします」

やっと安堵をした口調である。この鞍之介を動かすことが、痛みを圧して此処まで来た目的だった、と平四郎は思い至った。

それから舟で本小田原町の家に戻り、お須賀が敷いてくれていた床に倒れ込んで、数日間寝て過ごした。

九

その数日後の夕刻である。

小舟町《こぶなちょう》の気のきいたその茶屋は、知重のご指名だった。刻限通りに訪ねて行くと、すでに美しいおかみの酌で、ご機嫌で呑んでいた。

「鞍さんと、こうして差しで飲むのは、何年ぶりになるかねえ。昔を思い出すよ」

と久しぶりに酒を酌み交わした知重は、血色のいい顔をてかてか光らせて言った。

二つしか違わない知重だが、苦労人のせいか大人の風格があり、鞍之介にはずっと年上に思える。

今回も鞍之介は相手の多忙を考え、〝貴院の近く西尾藩屋敷について知りたいので、午後に接骨院を訪ねる旨の手紙を書き送ったのだ。

すると知重は、〝久しぶりだから軽く飯を付き合え〟と折り返してきたのである。

鞍之介は、座敷で顔を合わせるとまず、最近千住まで行って、師匠に会った話をした。

「師匠はお元気でしたが、酒は復活したようですね」

「好きなようにしたらいいよ。親父ももう七十八だから。そろそろ、覚悟しておかなきゃ……」

と知重はしみじみ言った。長兄は出奔《しゅっぽん》、次兄は早世《そうせい》しているため、いざという時の自分の役割を、痛感しているのだろう。

どうやら今夕は、そんな話をしんみりとしたかったらしい。

しばし家族の話をしていると、おかみが小声で、芸者を手配しましょうかと問うた。

「あ、いやいや、この御仁《ごじん》は酒の方がいい……ハハッ、ま、今日のところはいいよ」

と知重は笑って、断った。

「いや、まあ、そういうことにしておくよ。すまないね、ハハハ……」

とおかみが去ってから謝り、

「ところで鞍、西尾藩屋敷じゃ、食中りがあったらしいね」

とズバリ、核心を突いてきた。

「あ、ご存じでしたか?」

「いやいや、おぬしが珍しく西尾屋敷のことを知りたい、と書いてきたんで、ちょいと探ってみたんだ」

ちょうど治療に来た若い藩士を何人か捕まえて、最近、藩で何かあったか、さりげなく問うてみた。

「ところが内部じゃ箝口令《かんこうれい》が敷かれてるのか、誰も話してくれんのだ。それでも〝此処だけの話〟と粘って、何とか事件を知るやつを一人摑まえた。しかしなぜまた、そんなことに斬り込むんかね?」

「いや、事件のとばっちりで、当分、取引停止となっちまった魚屋から頼まれたんでね」

「ほう、で、内情を探ってるわけか。なるほど」

問題の焦点を納得したらしく、知重は頷いて盃を重ねた。

「といって、残念だが私はその事件について何も知らんのだ。西尾藩とは浅からぬ縁があるんだがね。藩邸からは有難いことに、これまで大勢のお客が来てくれたし、往診に呼ばれたこともある。三河に本拠地のある譜代藩だから、幕府にとっては要衝《ようしょう》の藩であろうと思うが……」

「実際はどうなんです？」

酒を継ぎ足しながら、先を促す。

「うん、どうもあまり裕福な藩ではないらしいな。なぜか昔から転封《てんぽう》や国替えが多くて、一人の大名がこの地にいるのは、せいぜい十年か十五年足らずだ。だから、人心が落ち着かん。またどうせ国替えになるってんで、藩士はみな通りすがりの通行人気分だ。この地に骨を埋めようなんて愛着は持たんし、骨を触ってせっせと治療しても、あまり馴染んでくれんのよ」

「ま、その寂しい気分は、よく分かりますがね」

「だろう？　うちには毎日、誰かしら藩士がやって来て、四方山話《よもやまばなし》をしていくが、誰もその事件には触れたことがない。中でたった一人、珍しく喋ってくれそうな若者が、今日紹介する岩瀬礼二郎《いわせれいじろう》だ。これから、ちと会ってみんか」

鞍之介もよく知る近くの呑み屋に呼んであり、今ごろはもう来ているはずという。

「わしにはあまり喋らんかったんだが、どうも目つきが違う。お前なら何か聞き出せるだろう。心付けは先に渡してあるし、店は私のシマだから、心置きなく呑んでくれ」

十

その店は、近くの椙森《すぎのもり》神社の裏手にある。

暖簾を割って顔を出すと、件《くだん》の相手はもう来ているようで、馴染みの女が奥の小部屋に案内してくれた。

すでにそこで呑んでいたのは、しゃくれ顔で口の重そうな二十三、四の男で、痩身だった。

鞍之介が簡単に自己紹介すると、相手は知重から聞いて知っていたためか、軽く頭を下げ、岩瀬ですとだけ言って盃を掲げた。

「先に飲《や》っておれと、先生に言われたんで、お先に始めてます」

「いや、今夜は呼び出したりしてすまなかった。あの名倉の大センセイに頼まれちゃ、誰も断れないよね。その代わりと言っちゃ何だが、此処はあちらの奢りだ、遠慮なく呑んでくださいよ」

と、そこへ運ばれて来た膳から徳利を取り上げ、まずは相手の盃に注いだ。だが岩瀬は苦笑して、むっつり目を伏せている。

たぶん岩瀬は義理で出て来たのだろう。

今は、前説抜きで早く切り出した方が良いと、判断した。

「早速だが、あの食中り事件、今はどうなってますか？　死者は出てないと聞いてるけど、今もそうなのかどうか」

「自分の知る限りじゃ、重症者二人のうち一人は早めに回復したけど、一人が瀕死《ひんし》のようです」

「なるほど。早速だが例えばの話……その回復した一人に会って、話を聞けないもんだろうか」

「聞いて、どうするんで？」

と皮肉な口調で問うてくる。

「いや、事件のとばっちりを受けて困ってる者が、身近にいるんでね。藩は誰も寄せつけないから、岩瀬どのの周辺で、詳しい話を聞けそうな人がいたら、手引きをしてもらいたいんだよ」

「手引きって?」

「つまり、会わせてもらえないかと。人伝《ひとづ》ての話じゃなく、直《じか》に聞きたいんだ。患者でなくても、藩医でもいい。会って、一体どうしてこんな事件が起こったか、どうしてそれを秘密にしてるのか、正直なところを知りたい」

「無理ですよ」

「なぜ?」

「本当のことを言わない点じゃ、藩も藩医も同じでね。患者も我が身可愛さで、何も教えちゃくれないっす」

その怒ったような言い方に、鞍之介は興味を覚えた。

「失礼ながら岩瀬どのは、藩のどんなお立場におられるんで?」

「留守居役の補佐です」

と即座に言った。

「ほう。そういえばあの宴会、留守居役どのが、御家来衆を労《ねぎら》う会だったんだよね。それじゃア、岩瀬どのも招かれたんじゃないですか？」

するとと伏し目がちだった丸い目が見開かれ、熱がこもって充血しているのが見えた。

「そのおかげで、酷い目に遭っちまったんですよ」

「ええっ、じゃおたく……」

「はい、中っちまった一人ですわ」

鞍之介は驚いて、相手を凝視した。

（なぜそれを先に言わんのだ！）

「もしかして、最後まで症状が悪かった、一人とか？」

「自分は重症と言われたけど、生きた心地がしなかったのは、最初の二、三日でね。その時は……」

絶え間ない嘔吐と下痢に見舞われ、激しい胃痛にのたうち回ったと、岩瀬は苦笑して言った。

（さすがは名倉先輩、ズバリ本命を紹介してくれたものだ）

と鞍之介は感心した。

「げっそり瘦せたし、ほら、見てください、髪も薄くなっちまった」

と岩瀬は髪や頸を触ってみせた。

「毛は脱けたし、紅疹《こうしん》も出来て、まだ痕《あと》が消えませんよ」

「ん、毛が抜けたと？」

頭の中に、一つの手がかりが浮かんだ。

鞍之介は、相手を凝視した。薄暗い明かりの中では目立たないが、言われてみれば、髪は心なし薄く、頸には湿疹の痕が薄く見えている。

「名倉先生は、そこまで知って紹介してくれたわけ？」

「いや、おれは何も言いませんよ、それでも何か分かったんでしょう」

明るい診察室では、そうした残滓《ざんし》が見えたのだろう。

「岩瀬どの、はっきり言わせてもらう。これは食中りじゃない」

「なんと……？」

岩瀬は充血した目をさらに赤くし、強く見返した。

「髪が抜けたり紅診が出来るのは、食中りの症状じゃない」

「とすれば毒の正体は？」

「うむ、猫入らずあたりかな。私は本道（内科）じゃないが、以前、ヒ素中毒患者を診たことがある。そっくりだ」

十一

「岩瀬どの、これから訊くことにも、正直に答えてほしい」

と鞍之介が乗り出すと、岩瀬は真顔で応じた。

「もとよりそのつもりで来たんです。どうもおかしいと……」

「どこが？」

「いや、何ていうんですかねえ。鰹に中ったと自分でも思い、藩医にも言われました。桜皮《おうひ》を齧《かじ》らされ、何かの薬も飲んで、何とか床《とこ》を出られましたよ。ですが、あの差配どのが皆に口封じをし、見舞金までが配られた。ケチで細かいお方だが、根は善人で、悪いお人じゃない。それがしばらく誰とも会わせず、勤番まで繰り上げられて、国に帰されることになった……。どうも釈然としないんで、肩が痛いのを理由に名倉に通いだし、話してみようと思ったんだが、差配どのを裏切れなくて……」

「宴会の主催者・大和田留守居どのは、どうなったんで？」

大和田様は……と岩瀬は口籠り、酒を呷って言った。

「お留守居はご無事でした。幸か不幸か、鰹を召し上がらなかったんです」

「ええっ？　鰹は好物のはずだが？」

「はい、ただ今回はこの季節、五回めの初鰹だそうで」

この季節、大和田は四ヶ所で盛大な〝歓迎会〟に招かれて、そのすべてで鰹のタタキの大盛りが供されたのだとか。

「ふーむ。毒入りと知っていた形跡はないだろうか？」

「手前は近くの席におったけど、そうは思えんでしたね。磊落《らいらく》なお方だし、この岩瀬が苦しむ顔など見たくもねえだろうし」

今回、主菜の鰹タタキが出されたのは、突き出しや野菜の煮物が出て、宴もたけなわとなった時だった。大和田は溜息を吐き、

「ふう、これで鰹のタタキは五回めだ。おい、岩瀬、おれはこれに箸をつけないから、こちらも頼む。お前は若いから、もう一皿くらいいけるだろう」

と自分の皿を勧めた。自らはもっぱら酒ばかりを浴びるように飲んで、そのうち宴会疲れで、途中で寝込んでしまった。

主人公が寝てしまい、旗本も席を辞してから、岩瀬は大和田の皿を自分の前に移し、隣にいた男とともに箸をつけたのだ。

この二人が最も症状が強かったという。

「岩瀬どの、私は今、こんな話を思い出したよ」

と鞍之介は言った。

昨年のことだが、親友の大江《おおえ》蘭童に臨時収入があり、浅草の高級料亭で初鰹を奮発してくれた日のこと。たまたまその日、同じ店の二階でどこかの寄合いがあり、鳴り物入りのどんちゃん騒ぎだった。

どこの阿呆《あほう》の集まりかと思っていた鞍之介は、たまたま廊下ですれ違った酔客に、見覚えがあった。どこぞの藩の留守居役だった。

そこで座敷に酌に来た年増《としま》の芸妓に、

「今宵の二階は〝とんでも大集合〟ってやつだね。どうやら、留守居役組合の寄合らしいが？」

と問うと、芸妓は意味ありげに笑って頷いた。

「はい、その通りでして、ええ、本当に、〝とんでも寄り合い〟でございます。お座敷で耳にした話では、今宵のお料理の出物は、一匹七両の初鰹のタタキだったそうな……」

一匹七両（約七十万円）！

二人は顔を見合わせた。今宵はそれが、何匹供されたのか？

一匹二両（二十万円）ぐらいまでは驚かないが、七両とはおそらく大名さえも、簡単には口に出来ない額だろう。

留守居役の、酒宴遊興《しゅえんゆうきょう》の派手さは有名だった。

だが贅沢の限りを尽くす多額の交際費は、公費から捻出したから、財政事情が苦しい藩は楽ではない。小藩では言い出しかねて、自腹を切る留守居役もいるという。

それでなくても、贅沢三昧の家斉公の治世下である。すでに滅び始めている文政の世で、公儀の名目での〝鰹狂い〟は、さすがに江戸でも批判の的《まと》となっていた。

「さて、次にこれを聞いてどうお考えか？」

鞍之介は伊勢寅の話をし、真相を探り始めたそこの手代が、藩屋敷の近くで、浪人ふうの侍に襲われたことを付け加えた。

この食中り事件について鞍之介は、初鰹が傷んでいた形跡がないことから、何者かに仕掛けられた犯罪ではないかと考えていた。

そしてこの話は、その意を強めるものだろう。

贅沢三昧の〝大和田留守居役歓迎会〟に次ぐ、本人の奢りによる宴会である。これに一般藩士らの覚えた強い反感が、この事件を起こさせたと考えられないか。屋敷に漂う秘密めいた空気は、そんな背景から醸し出されているのではないか。

「いや、答えは今、全部言ってもらいました」

と岩瀬は苦笑して頭を下げた。

「自分はあの席で、タタキを馳走になった者でして、偉そうなことは言えません。ただ一つ気付いたのは、手前は二人前食っても、毒を塗《ぬ》られているとは、気付かなかったんでして」

鰹のタタキは、魚の臭みを消すためニンニク、ネギ、生姜……と強い薬味が添えられるため、少々の毒を塗られても気付かれない。

そこに目をつけて犯罪が仕組まれたとは、鞍之介は今初めて気付いた。

岩瀬がボソボソ言うには、藩生活では、藩費節約でさんざんの無理を強《し》いられている。しかるに留守居役は、皆の一ヶ月分に相当する額を、一晩で使う。前任の留守居役に続いて、今度の新任はそれを上回るツワモノだった。

「手を下したのは、平四郎どのを袋叩きにした五人の藩士でしょう？　ただ堪忍袋の緒《お》を切らしたのは全員じゃないすか」

十二

本小田原町の通りに面したその家は、小体《こてい》だが広めの庭に囲われていて、花橘の白い花が垣根に咲き乱れていた。

翌日の昼下がり、早めに仕事を切り上げて駒形の家を出た鞍之介が、伊勢寅の家の前に立った時、青空に白い昼の月がかかっていた。

平四郎は家で養生しているので、昨日のことを話そうと考えて、やって来たのだ。差配はすべてを知っていながら、先頭に立った藩士らを庇うため、事態が収まるまで伊勢寅に嫌疑を向けようとしたに違いない。

今は改めて無罪を主張し、平常通りの取引に戻してもらうよう、平四郎に勧めるつもりだった。

庭の飛石を辿って玄関の前に来た時、いきなりその表戸がガラリと開いて、急いだ様子のお須賀が出て来た。

「あら?」

と立ち止まり、鞍之介に目を止めたその顔は、丸髷がよく似合う、美しい瓜実顔《うりざね》だった。鞍之介は前に一度、どこかで会ったような気がし、一瞬で思い出した。

「私は、柔術道場の師範代一色ですが、伊勢寅のおかみさんですね。以前、道場に見学に来られた時、お会いしました」

と鞍之介が言うと、相手は頬を染めて頭を下げた。

「まあ、そうでした。平四郎がお世話になっております」

「……いますか？」

と奥に目を向けると、急に顔を曇らせ遠くを見る目つきになった。

「いえ、それが……。あの、良かったらちょっとお入りになりません？」

「あ、今お出かけじゃないんですか」

「いえ、急ぎませんから」

と口ごもり、半ば導かれるように鞍之介は、玄関脇の八畳間に通された。庭に面していて、開け放った縁側から緑濃い木立が見える。

「実は平四郎は出ておりまして、お話によっては、私から伝えさせて頂きますが……」

お茶の支度をしながらお須賀は言った。急がないと言いながらも、どうやら胸中に、何かの屈託を抱えているようだ。

「そうですか。じゃ、また出直して来ますよ」

と鞍之介は微笑して言った。

「しかし、外に出られるようになったのはめでたい。やっぱり若いから、快復が早いんですね」

「あ、いえ、先生……」

と急にお須賀は表情を崩し、慌てたように言った。

「平四郎が怪我をしたいきさつは、ご存じでございましょうね？」

「はい、もちろんです」

「何やら平四郎は、先生のお返事を、首を長くして待っておりました。お忙しいのに出直されるのも大変ですから、よろしかったら、結論だけでも聞かせて頂けますか」

と言う。

鞍之介はそれもそうだと思い、快く頷いた。

「そうですね、ともかく早く安心させたいので、おかみさんからこう伝えてやってください」

と断って、昨日のことを次のように短く話した。

〝昨日、西尾屋敷での食中りについて、患者に会って聞いた限りでは、あの事件は、食中りというより誰かが仕掛けた犯罪であること。その下手人は見当がついているが、伊勢寅とは関係ないから、安心されたし。差配どのもそのことをご存知だから、いずれ取引を再開してくれよう〟

大きく目を見開いて、その言葉をじっと聞いていたお須賀は、何を思ったか、急に立ち上がって隣室との境の襖をガラリと開き、裾を乱して駆け込んだのである。

そこは仏間で、正面に大きな仏壇があった。お須賀はその前に頽れるように座り、震える手で線香に火をつけ位牌に供えると、俯いて肩を震わせて泣いていた。

(何が起こったのか?)

何が何だか分からず立ち上がった鞍之介は、思いがけない展開に、二つの座敷の境に呆然と突っ立っていた。

お須賀はややあって顔を上げ、涙で乱れた顔を直しもせず、振り返ってこちらに向き直り頭を下げたのである。

「取り乱して大変失礼致しました。実は、あのお馬鹿の義弟はただ今、伝馬牢《てんまろう》にいるのでございます」

「えっ」

今朝、何の用かで玄関先に現れた遠藤差配に、お須賀が応対していると、足に損傷はない平四郎が奥から飛び出して来て、いきなり殴りかかって暴れたという。

それがたまたま巡回中だった奉行所同心に見咎められ、番所まで引っ張られ、騒ぎを起こす常習だと知られて、伝馬牢送りとなったのである。

「私、もう情けなくて……」

とお須賀は涙を流した。

「先日も騒ぎがあって、番所のご厄介になってるんですよ。もう、富十郎伯父に頼んで、引き取りに行って頂くしか……」

「落ち着いてくださいよ、その伯父さんとは?」

「ええ、町内の町年寄をしたこともあって、顔が効くんですよ。私も我儘ですから、伯父にはいろいろ心配をかけていて……。でも私はもうどうでもいいです。伯父のお勧めどおり再婚でも何でもしようと……」

ともあれ助けがほしくて、伯父に会いに行こうと決めたのだ。

「その時、玄関で、あなた様と出会ったのでございます」

「お会い出来てよかった」

とすかさず鞍之介は言った。

「平四郎どのを引き取ることなら、伯父さんほど偉くなくても、手前でも出来ます。

保証人になればいいんですから。これから、ご一緒しても構いませんよ」

「有難うございます……」

安堵したようにお須賀はまた、さめざめと泣いた。

家の外を、豆腐屋が笛を吹きながら通り過ぎていく。


結局のところ、この食中り騒動では死者が出なかったことで、原因究明はうやむやとなり、伊勢寅との取引は再開されたのである。

ただ路上で町人と暴力沙汰を起こした藩士五人が、国許送りとなったという。また大和田留守居役には、事件の真相は伝えられなかった。

お須賀は元気になり、時に襷《たすき》掛けで、時には腕まくり裾まくりし、亡夫があまり好まなかった〝なりふり構わぬ〟姿で、店に出るようになった。

再婚の話も、うやむやになって久しい。

第三話　妖し川心中

大川の北東を流れる綾瀬川《あやせ》はその昔、大雨が降るごとに流れが変わったため、〝あやしの川〟と呼ばれたという。

一

数日降り続いた雨が止んだ午後、鞍之介はふらりと外に出た。

濁って水嵩《みずかさ》が増した大川は、豪快な音を立てて流れ下り、河岸の緑が濃く匂いたっている。梅雨の合間の晴天だった。

背後に足音がするのに気付いて振り返ると、寸ノ吉がはるか後を追って来るのが見えた。

雲間から夕陽が射す中を、鞍之介は黙って大川橋の半ばまで歩を進め、欄干にもたれて飛沫《しぶき》をあげる川の瀬を眺めていた。

やがて寸ノ吉が追いついて横に並んだ。

「こうしてのんびり川を見るなんぞ、何ヶ月ぶりかな」

と鞍之介が両手を延ばしていると、

「先生、あの女性《ひと》、いつまでいるんすか」

といきなり寸ノ吉が言ったので、欠伸《あくび》が途中で止まった。

「あの人って、千尋《ちひろ》のことか？」

「他に誰がいますか」

寸ノ吉に言われるまでもなく、千尋が駒形の接骨院に居着いてから、もう二月《ふたつき》はたっている。

二月前の日暮れ時、玄関の暗がりにスッと立った若い女が、一色先生にお会いしたい、と言った。

「一色は私だが……」

と眩《まぶ》しげに見返した。

「先生、お忘れでしょうか、千尋です」

えっ、ちひろ……？

今さら目を見張った。

なんだお前か、と言いそうになって口をつぐんだ。

鞍之介の瞼に残っているのは、〝ちひろ〟というひらがな名の、クリクリとよく動く目をした、十歳ほどの小娘だったのだ。顔は日焼けと汚れで黒ずんでいたし、桃割れの髪がいつもどこか崩れていて、あまり可愛くないお転婆《てんば》娘だった。

だが今、目前にスラリと立つのは、色白な肌に艶やかな島田髷がしっくり馴染んだ、大人の色気が匂うような美女である。

「おお、これは失礼した。しかしいつの間に……」

大きくなったの、と思わず口から出かかって、内心赤面した。

「まあ、そんなに驚かれるなんて」

と千尋は屈託なく笑って言った。

「今年十八になりましたけど、あたしたちの中じゃ、もうおバアさんですよ」

「これは綺麗なおバアさんだ！」

「あの、突然押しかけてごめんなさい、ちょっとお願いしたいことがございまして」

笑って頭を下げる千尋の率直さがだんだん胸に甦って、鞍之介は落ち着きを取り戻した。以前、胸をときめかせたあの千尋と、別人ではないのだ。この後、近くの『竹ノ家』に場所を移して酒にしようかとも思ったが、まずは玄関脇の客間に通した。

自分は台所に駆け込んで、お茶の準備をする。

「しかし、それにしてもよくここが分かったねえ。花戸辺《はなとべ》村……と言ったけ。今もあちらに？」

懐かしげに言いながら、得意の茶を淹れた。

「ええ、ここ二年近く、花戸辺に帰っておりました」

相手の美しさと年からして、鞍之介の脳裏に縁談の二字がちらついた。いよいよこの娘も花嫁になるのか、と。

だが千尋は微かに顔を曇らせて続けた。

「でも祖父がまた倒れましてね。今まで何度も倒れたけど、最後は呆気ないものでした。野辺《のべ》の送りも埋葬も、すべて済ませてきました」

「おお、それはご苦労なことでした」

と姿勢を正し、一、二度会ったことのある千尋の祖父のために、頭を下げた。

「祖父……というと、車谷《くるまたに》家の方ですね？」

「そうです、父の父で宗右衛門《そうえもん》といいます」

「はい、お会いしたことがある」

「ええ、もう十年前のことで、あたしも一緒でした」

　鞍之介は大きく頷いて、庭に目を向けた。しばらく忘れていた花戸辺村を巡るもろもろのことが、急速に脳裏に甦った。

二

　十年前の鞍之介は、今の千尋と同じ十八だった。

　そのころは、名倉流正骨術を免許皆伝し、千住の名倉堂本院に助手として住み込んでいた。

　診察場にはいつも、直賢と五人の代診がずらりと顔を揃えていたが、それでも待合室に患者が溢れるほどの盛況だった。

　そんな雨の季節、重態の怪我人が、戸板で運ばれて来たのである。

　怪我人は村の若い衆に付き添われ、綾瀬川を舟で下って来て、千住大橋で戸板に移された。そこからは若い衆に担がれ、北に位置する名倉本院まで、日光街道《にっこうかいどう》をひた走って来たという。

　患者は四十前後か。背骨に大きな損傷を受けていたため、戸板は待合室を素通りして、大先生《おお》の診察場に運び込まれた。

「どうした？」

と問われ、付き添って来た筋骨逞しい若衆が答えた。

「長雨で地盤が緩んで、土砂崩れがありやして、川を見回り中に足を滑らせ転落しやした」

すでに虫の息だったが、あの〝名倉〟なら助けてくれるという皆の思いが、瀕死の患者をここまで、遠路はるばる運んで来たのだ。

付き添い衆は十人近くに及び、三艘に分乗し、交代で櫓を漕いで来たという。だがただちに患者を診た直賢は、肩をすくめ、〝手の施しようがない〟というそぶりを見せた。


患者は車谷宗輔《そうすけ》といい、綾瀬川中流の花戸辺村の名主《なぬし》だった。

江戸以前の綾瀬川は、たびたび洪水を起こす暴れ川だったという。だが幕府の治水工事のおかげで、この文政の世では川の流域は豊かな穀倉地帯になっていた。

とはいえ村の境界や、田んぼに引く灌漑《かんがい》の水を巡って、村同士の揉め事は絶えなかった。入会地の秣場《まぐさ》の管理や、たびたび起こる山林原野の土砂崩れなどを巡っては、死者が出るほどの争いも少なくなかった。

そうした紛争で、滅んだ村があった。それを再興して新たに〝花戸辺村〟としたのが、古くからの名主の車谷家である。

戸辺《とべ》
花戸辺村の初代名主が宗兵衛《そうべえ》、二代目が宗右衛門、三代目が宗輔。特にその二代目が水争いの調停や、関東郡代《ぐんだい》との交渉事に長け、川岸を掘削《くっさく》して船着場を築いて水運を発展させ、宗右衛門河岸と呼ばれた。

ただこの二代目は五十代半ばで病いに倒れ、一線を退いた。

三十を過ぎたばかりで車谷家を継いだ三代目宗輔は、祖父と父の善政を踏襲《とうしゅう》して人望があった。その宗輔を何とか生還させたいと若者たちは燃え、その夜は名倉の入院施設でもある旅籠《はたご》に泊まったのである。

直賢の渾身《こんしん》の治療の甲斐あってか、やがて奇跡的に息を吹き返した。その夜は最年少で助手の鞍之介が、寝ずに付き添うことになり、若者らを宿に帰して寝ませた。

息苦しい一夜の明けるころ、寝ずに詰めていた鞍之介は、患者の声を耳にした。この助手の他に誰もいないと知ってかどうか、途切れ途切れの、低い声だった。

「どうか、伝えてほしい……あれは土砂崩れじゃない……」

「どういう意味ですか？」

うとうとしかけていた若い鞍之介は、驚いて取りすがった。

「誰に伝えますか？　名前は？　しっかりしてください！」

患者は途切れ途切れに何かを訴えたが、よく分からない。ただ断片をつぎ合わすと、どうやら何か揉め事があったらしい。宗輔のその怪我も、土砂崩れだけではなさそうだが、それ以上は口にしないまま、翌日の昼過ぎに力尽きたのである。

そのことを鞍之介が誰にも伝えられないまま、遺体は皆に守られて、粛々《しゅくしゅく》と故郷に帰って行った。

伝言を伝えなかったことで、何かが闇に葬られたかもしれぬと鞍之介は悩み、その夜、師匠に打ち明けたのだ。

「川の流域とは、昔からいろんなことが起きる所だ」

と話を聞いた直賢は、腕を組んで大きく頷いた。

「わしもこの荒川縁《べり》に長く住んだおかげで、様々な景色を見たもんさ。他殺や自殺の死体は言うに及ばず、嵐には家や橋や船が流されて来た。聞いた話じゃ、浅間山《あさまやま》が噴火した時は、大川に馬が流れて来たらしいぞ」

と頭を振った。

「連中が下《くだ》って来た綾瀬川もその昔、大雨が降るたび流れが変わっちまう厄川《やくがわ》で、地元じゃ〝あやし川〟と呼ばれたそうだ」

そんな行方定まらぬ川も、幕府が上流に備前堤《びぜんてい》を築いたことで、下流の氾濫《はんらん》はほぼ収まった。おかげで〝あやし〟川は〝あやせ〟川と呼ばれるようになり、綾瀬……すなわち瀬が綾なす美しい川を思わす〝綾瀬川〟として定着したという。

「まあ、それはともかく、問題は今際《いまわ》の言葉の真偽を、どう見極めるかだ。それが臨終の錯乱やうわ言でないと、誰が言いきれるか。わしも臨終の場で伝言を託されたことがあるが、迂闊《うかつ》には伝えられず、胸にとどめておいたこともある」

と苦渋を滲ませて言った。

「この場合も、伝えるべき相手ははっきりせんようだ。しかしまあ、死者に最も近い父御、宗右衛門どのに伝えてはどうか」

鞍之介は車谷宗右衛門に、一度寄ってほしいと手紙を書いた。

それから十日ほどして、六十がらみの白髪の宗右衛門が、十歳の孫娘千尋を連れて訪ねて来たのである。持病の中風《ちゅうふう》は、言語や手に損傷を残していたが、もう普通の暮らしが出来ていた。

宗右衛門はもともと、倅の治療代を払いに来るつもりでいたらしい。直賢は、〝村内の見回り中の事故は公務だ〞として、治療代を受け取らなかったのだ。今度もまた受け取らぬまま、直賢は鞍之介の口から要件を伝えさせた。

それを聞いた一瞬、宗右衛門の顔に稲妻が走ったかに見えたが、すぐ首を垂れて一礼し、謝意を述べた。

千尋のお相手を託された鞍之介は、何を言っていいか分からず、お愛想のつもりで、いつか花火見物や相撲に連れてってあげようと言うと、千尋は首を横に振り、目から涙を溢れさせて答えた。

「父様と母様のところへ連れてって」

千尋の母親は、娘を産んだ産褥《さんじょく》で亡くなったと、この時知った。

その後、この今際の〝遺言〞はどうなったものやら、何の噂話も後日談も聞かず、気にはしつつも鞍之介も忘れていった。

三

その翌年、祖父はまた孫娘を連れ、豊作だったからと、大量の米や野菜を荷車に積んでやって来た。

千尋は、髪を可愛らしい桃割れに結っていた。大人になったら何になりたい？　と、今度は無難な質問をしてみると、

「はい、名倉流の骨つぎ師になって、人のために尽くしたいです」

と答えて、またまたびっくりさせられた。

名倉では女性にあえて門戸を閉ざしてはいないが、骨つぎは男の仕事という暗黙の了解があって、女は誰も来ないのである。

一徹なところのある千尋は、驚いたことにその後、千住にある車谷家の別の棟に引っ越して来て、寺子屋ふうの名倉塾に通い始めた。名倉の骨つぎに惚れ込んだ宗右衛門が、学費を出したという。

基礎を終えると、一年ごとに講義と実技がむずかしくなる。試験で次々と段階が上がって、数年で免許皆伝になる仕組みだった。

ただ妻を疾《と》うに失っていた宗右衛門は、この孫娘が早く婿を取って家を継ぐことを望み、学費は途中で廃止してしまったという。

千尋は祖父の介護もあって、花戸辺に帰ることが多くなったが、祖父が勧める縁談はすべて断ったらしい。

四

「車谷家は、もう滅びるでしょうね。だって私がお婿さんを貰わない限り、相続人《あと》がいませんもの。もうお終いなんですよ」

とのっけから言いだしたので、鞍之介は息を呑んだ。

「長く頑張ってきた祖父ももう居ないし、叔父は車谷家を出ていますし。え、私ですか？　私は残る気はありません。少し江戸で暮らしてみようと思うんですよ」

白いしなやかな手で茶碗を抱え持ち、お茶を一杯美味そうに啜ってから、千尋は改まって言った。

車谷家の遺産相続問題が一人娘千尋の肩にかかってきたのである。家には勘定方の雇い人がいる。

ずっと任せてきたのだが不審な点があるので、今は他家に養子で入った父の弟に勧められ、遺産の額や帳簿を調べたところ、把握していない不明の借財が明るみに出た。

勘定方の説明では、宗輔に頼まれたことと言う。

そこで叔父とも相談し、田畑と屋敷は売って借金を返済し、残りの幾ばくかを相続し、それを元手に今後何かしたいと思っていた。

「いろいろやってみたいことがあるんですよ。まだ具体的なことは、申し上げられませんが。ともあれ一つお願いがあるのです」

「はて、この鞍之介に出来ることなら」

「まことに勝手なお願いですけど、少しの間、ここで働かせてもらうわけにいきませんですか？」

「ええっ？」

鞍之介は飛び上がりそうに驚いた。まさかそんなこととは……。

この駒形の接骨院に女性の骨つぎ師が入るなど、今まで考えたこともない。今後もなさそうだ。

「その前につかぬこと伺うようですが、千尋どのは骨つぎ師の資格は……」

「ああ、ごめんなさい。先に言っておくべきでした。私、試験は落ちてばかりで、まだ免許は頂いておりません、ほほほ……。もう少し勉強しませんと……」

とあっけらかんと笑って、くりくりした悪戯《いたずら》っぽい目で鞍之介を見た。

「それにこの私、女骨つぎ師になれるなんて、ゆめゆめ考えてませんよ。あれは力仕事ですし。でも下働きでいいから、看護人になってみたくて……。私が人助け出来ることなんて、他には考えられませんもの。そんなわけで、ちょうど中途半端なこんな時期に、医療の体験をしておきたいと思うんですが」

「いや、反対はしないけど、いろいろ問題がある……」

「ああ、住まいですけど、この橋の向こうに、車谷家の親戚の寺がございます。天心《てんしん》寺《じ》といって江戸に出て来る時は、よくその別棟の客部屋に泊めてもらうんですが、そこが借りられそうです」

　そういえば千尋は以前から、江戸に出て来た時は、どこかの寺に泊まり込むと聞いた覚えがある。

「ほう、それは心強い」

　と鞍之介は腕を組んで、考え込んだ。

　断るという選択肢は今のところないが、女の身で医療に進むのは難しいのを知っている。

　資格などなくても誰でも医者にはなれるが、江戸では〝女性の専門職〟は珍しい。女髪結《おんなかみゆい》は、今は人気商売になっているが、女学者はほとんどいない。また女で医者と言えば、女たちを客とする堕胎《だたい》専門の中条流《ちゅうじょうりゅう》を意味するのである。

　とはいえ小石川養生所《こいしかわようじょうしょ》には看護人として、白い上っ張りの女性たちが大勢いる。

それに倣《なら》えば、接骨院に女の看護人がいてもいい。

それに千尋はずぶの素人ではなく、専門知識もあるのだ。

とはいえ問題が一つある。男ばかりのこの仕事場に、こんな妙齢《みようれい》の美女が加わっても大丈夫か。寸ノ吉や文平の、〝野暮天《やぼてん》〟然とした顔を思い浮かべると、一抹の懸念があった。

だが、千住と日本橋に名倉堂があるのに、こんなむさくるしい院を選んでくれたのが、満更でもなかった。

「そうだねえ。まあ、一応、説明しますと、うちはおれの他に、助手が二人、受付と玄関回りが担当の係が一人。それと、おれが往診の日に来てくれる代診が一人だ。今のところお客は多く、人手は足りないが、忙しい割には儲からない。ゆえに残念ながら、給金はあまり多くは出せそうにない。それをご承知頂ければ、大歓迎なんですがね」

「あら、私のような半人前でもお給金を頂けるんですか？　こちらから授業料を払うつもりでしたのに」

と千尋は可笑《おか》しそうに笑った。

「いや、こういう点はちゃんとしないと、言うことも言えなくなるからね、ははは……。じゃ、まあ、二、三日、様子を見に来てみるかい？」

その二、三日が、二ヶ月になったのである。

五

「見た限りじゃ、千尋はよくやってると思うけど？」

欄干にもたれ、昏れゆく空を眺めて鞍之介は言った。

遥か西の夕映えの空に、富士山が黒い影絵のように見えている。

あの翌日から千尋は、看護人として通って来るようになった。白い上っ張りを纏《まと》って、思いがけない熱心さを発揮し、痒いところに手が届き、労を厭わなかった。

患者の間にもたいそう評判が良かったから、鞍之介はほっと胸を撫でおろす思いでいたのである。

今にして思い当たるのは、父親を失ってからの祖父の介護が長かったため、自然に身についたのだろう。

だが寸ノ吉ら助手には、急拵え《きゅうごしら》の〝点数稼ぎ〟に見えるらしく、なぜか不評だった。やり過ぎだ、いい格好し過ぎ……と。

まだ薄暗い朝七つ（四時）ごろに寸ノ吉らが起きだすと、寺男に送って来てもらった千尋が、上っ張りの上に襷掛けの姿で、玄関前にキリッと立っているという。

午後は七つ（四時）になると寺男が迎えに来て、帰って行く。皆と親しんだり、飲食を付き合うことはない。

また、具合の悪い患者が足を引きずって入って来ると、駆け寄って肩を貸す。

客用の下駄箱はあるが、混んでくると、皆ごちゃごちゃに脱ぎ捨てて上がってしまうが、目ざとくそれを見つけた千尋が下駄箱に納め、客を追いかけて下足札《げそくふだ》を渡す。

患者に心付けをもらうと、頂き過ぎだからと、公共の貯金箱に寄付してしまうのも、わざとらしい。

「ああいう人、疲れます。勘弁してほしいすよ」

と寸ノ吉が口を尖らせて言った。

「いつまでここで働くつもりなんすかね？　一ヶ月やそこらなら、まあ聖人君子もいいけど、一生、この仕事と付き合っていくわしらは、そうはいきません」

「何もお前さんにも、同じようにやれと言ってるわけじゃなかろう」

と鞍之介は応じた。

「寸ノさんだって、ここに来た時は随分とがむしゃらだったよ。人間誰しも、だんだん周囲に合わせてるようになるもんだ。それを世間じゃ、初心を失うと言うことがある」

「……わしのことですか？」

むっと頬を膨らませた寸ノ吉に、

「いやいや、寸ノさんは、世間ズレしてない稀有《けう》な例だよ」

と鞍之介は言い、採れ立ての大根のようだと内心思う。

寸ノ吉はたぶん、異性との交流があまり多くないため、千尋には過剰反応しているのだろうと思う。こういうやつに限って、ガラリと変わることがあると。

実際、初めは千尋の参入に逃げ腰だった鞍之介も、今は慣れて、むしろ頼りになる存在だと好ましく思っている。その働きぶりを母親の十和が見たら、たちまち花嫁候補に挙げるに違いない。

千尋が何をしたいか分からないが、とりあえず、味方になってやりたかった。

このまま仕込んで、江戸に女骨つぎ師を誕生させるのも、おもしろい。だが同時に、千尋のなめらかな白い項《うなじ》や、そこはかとない胸の膨らみに目を惹きつけられることもあった。

昔から寄せていた淡い恋心が、再燃しそうな予感もした。

当時は美人とは言えなかったが、むしろ勝気そうで、自分を飾らない一徹なところが可愛かった。また立ち居振る舞いが他の子より垢《あか》抜けて、目を惹いた。

草深い花戸辺村で、母なしで育ったとはいえ、幼い時から踊りや琴や三味線などの稽古ごとを通し、旧家の子女として躾けられた。

町方の娘たちは、さらに十四、五歳から行儀見習いのため大名屋敷に奉公し、めでたく良縁を得るのである。

千尋が、ぱったり姿を見せなくなったのも十五歳。いよいよお屋敷奉公か、と鞍之介は気落ちし、やけに柔術に励んだ覚えがある。

六

この日は朝から焼けつくようなお天道様の下、風がなく、照り返しで道に熱気が澱《よど》んでいるようだった。

こんな日は客が少ないが、それでも待合室には七、八人ほどの常連がいて、団扇《うちわ》や扇子《せんす》をパタパタ使いながら、相撲や芝居の噂話に興じていた。

そんな時、戸を開け放した玄関から、一人の男が入って来た。

たまたま客を送って診療場から出て来た寸ノ吉が、

「いらっしゃい」

と持ち前の大声を張り上げ、下足番の和助が立つ受付に誘導する。

男は上背のある引き締まった体つきで、顔は面長で眉毛は濃く、目はやや奥目の好男子である。屈んで下駄を手にし、下駄箱に入れた拍子に、ゆったり着た唐桟縞《とうざんじま》の着物の襟元から、濃い胸毛がチラとのぞいた。

男は下足番に下足札の番号を見せ、低い声で名を名乗る。

それを受けて下足番は、手元の紙に名前を書き込み、

「はい、十五番様、どうぞ」

と客に番号札を返す。

男はそれを受け取って、大股で待合室へ入って行く。

受付の小部屋は衝立《ついたて》で二つに仕切られていて、手前には下足番と受付の窓が、奥に会計の窓口がある。

寸ノ吉が何気なしにそちらを見ると、窓口にいた千尋が、ちょうどそこを離れ、通用口に通じる廊下に出るところだった。

だが寸ノ吉に気付くと慌てたように立ち止まり、手招きした。

「寸ノさん、私、大事な用を思い出したんで、これで帰らせてもらいます。悪いけど、ここを頼みますね。一色先生によろしくお伝えてください」

「ちょ、ちょっと待ってくださいよ」

寸ノ吉は慌てて言った。

「どうしたんすか、今日中に戻って来ないんすか？」

すると千尋は黙って、頭を横に振った。薄暗いからはっきりとは言えないが、どこかいつもと違うようだ。

「突然でごめんなさい、事情はまたのちほど話しますから……」

とにっこり笑って頭を下げ、廊下に消えた。

それから控室に入ってそそくさと着替え、手に荷物を抱えて、通用口から出て行ったのである。

その後ろ姿を、寸ノ吉は呆然と見送った。

それきり千尋の姿は見ていなかった。

「あの人、一体どうしちゃったんすかね」

翌朝、結局は千尋が姿を見せぬまま、いつも通り五つ半（九時）に診療が始まった。

だが寸ノ吉は何となくソワソワしていて、仕事が手につかないふうである。

もともと鞍之介も、気になって仕方がない。明日は戻るだろう、と昨日は軽く考えていたが、今日、仕事が始まっても来ないのである。体調が悪いのか？　そうならあの寺男を介して、なぜ事情を知らせてくれないのか。

この日も客が少なかったから、診療は昼を少し過ぎて終わった。

「最後に見た時は、どんな様子だったの？」

と鞍之介は診察着を着替えながら、改めて寸ノ吉に問い直した。

「はあ、いつもに比べると、何となく慌ててたみたいです」

「寺男は迎えに来てたかい？」

「さあ、外までは見なかったから……。ただ、後で事情を説明すると言ったんで、いずれ戻る気でしょう」

それはどうだろう、と思った。

初めから何かしら不穏なものを、感じないでもなかったのだ。

あんな美人で聡明な若い娘が、こんなに忙しくむさ苦しい骨つぎ院で、タダに近い給金で好んで働くなど、初めからおかしかった。

それを半信半疑ながら喜んで引き受けた自分は、少し虫が良過ぎたのではなかったか。

そう思いながら手を洗い嗽《うがい》をしたが、ふと思いついて受付に行き、下足番の帳面を手にして、食堂へ向かった。

寸ノ吉と文平がすでにそこにいて、お春が得意のきつねうどんを啜りながら、喋っている。どうやら千尋のことだ。声を低めているつもりでも、寸ノ吉は地声がでかいのだ。

鞍之介は少し離れて座り、向こうが食べ終わるのを待って、

「寸ノ、昨日千尋が帰っちまった時だけど、その前に、どんな客が来てたか覚えてるかい？」

と下足帳を開いて見せた。

あ、とこちらの意図を察したらしく、寸ノ吉はすぐ立ち上がって来て、パラパラと名簿をめくった。

「そうそう、このお客さん……。ヤナイって名前に覚えがあるんすよ。何度か来られてる方で、割と覚えやすい顔だから」

と一つの名を指差して言った。

「え、ああ……」

その客には鞍之介も覚えがあった。

柳井一馬《やないかずま》といい、今回は膝関節が痛むと言って来たのを覚えている。前にも二、三回来ていて、慇懃《いんぎん》だが、会話の少ない人物だった。眉の濃い引き締まった顔をしていて、少し奥目の風采のいい男だったから、何かしら記憶に残るものがある。

鞍之介は考え込みながら、伸び始めたうどんを啜り上げた。

食事を済ますとまた診療場に戻り、今度は患者名簿を引き出して、柳井一馬の頁を開いてみた。普通そこには、今住んでいる町名と屋敷名、或いは〝稲荷《いなり》前〟などと、目印になるものの名が書かれているものだ。

だがそこには詳細は書かれておらず、花戸辺村とのみあった。

「おっ、花戸辺村の出身じゃないか！」

と鞍之介は思わず驚きの声を上げた。

これは偶然だろうか、と思う。柳井一馬はしばしば訪れる常連客ではなく、来ても周囲の誰にも関心を示さない無愛想なお客だった。

だが〝この男〟に間違いない。そんな直感めいたものが閃いた。

花戸辺という言葉の響きは、いつも千尋を思わせる。鞍之介の思う〝この男〟とは、〝千尋の男〟という意味なのだ。

もちろん一度も見たことはないし、本人からも人伝てにも、聞いたことはない。だが千尋には、〝見えない〟男がいると感じていた。

若い娘が、父母もおらず祖父だけが待つ花戸辺村に、なぜああもしばしば帰っていたか。当時まだ十五歳でその村に籠《こも》ってしまう気か。

それが不思議でならなかった。誰かいるのでは……と朧ろにそう思っていた。

七

鞍之介はその昼下がり、出来るだけ早めに家を出た。

天心寺は、大川橋を渡った先の、中ノ郷原庭町《なかのごうはらにわちょう》にある古い禅寺だった。庫裡の玄関前にいた少年僧に、

「この奥で部屋を借りている千尋という女性に、取り次いでもらいたい。自分は駒形名倉堂の一色鞍之介という者です」

と頼んだ。だがややあって出て来たのは、いつも千尋を送り迎えをしている寺男だった。

六十前後の小柄で善良そうな老人で、上がり框に正座して、慇懃にこちらの要件を

問うた。

鞍之介がかいつまんで事情を話すと、

「え、嬢様が昨日そちらを早退《はやびけ》し、今日は断りもなく休んだと？」

と老人は皺の多い顔をひしゃげ、驚いたように言った。

「そりゃとんだご無礼を。いや実は、昨夜から寺へも戻っておらんのです」

「へえ？」

「昨日は昼少し前に帰ってみえたが、これから御用で人と会うからと着替え、すぐに戻ると言って、お一人で出て行かれたんで……。ああ、手前は花戸辺村の車谷家に長く仕えた者で、左内《さない》と申します」

「ほう。どのくらい仕えたんです？」

「かれこれ、五十年近くになりますか」

「ほう、それはどうも」

格好な人物を摑まえたと思った。

「……で昨夜のことですが、結局、ここには帰らなかったと？」

「へえ、連絡を待っておったんだが。あ、ここは人が通りますで、中へ上がりませんか？」

「いや、もしお邪魔でなければここがいい」

と周囲を見回した。ここは風が通って涼しかったのだ。

今の刻限、玄関には誰も訪《おとな》う者もおらず、開け放った玄関先の槻《けやき》の緑が、冷んやりした影を落としている。

許しを得て鞍之介は、よく磨かれている上り框に腰を下ろした。

まずは千尋が消えた事情を話した。二ヶ月ばかり名倉堂で働いていた千尋が、昨日の昼前、突然姿を消したこと。下足帳を調べてみると、〝柳井〟という同郷の人物が治療に現れた、その直後だったこと……。

「えっ、や、それ、柳井一馬様ですか？」

と左内老人は驚きの声を上げた。

「ご存じですか」

「へえ、よう存じておりますよ。あのお方、車谷家の勘定方でしてな。子どもの時分から算勘《さんかん》の才があって、江戸のさる大店《おおだな》で経理や帳簿を実地で学んで、戻って来なすったんです」

柳井家は車谷家の遠縁にあたり、祖父の代から当家の勘定方を任されてきたという。

宗右衛門が病に倒れて宗輔が当家を継いだころ、一馬もまた二十代の若さで勘定方を継いだ。一族への車谷家の信用は篤く、これまで一切任せてきたという。

ところが去年、宗右衛門が逝ってから不審なことがいろいろ発覚し、叔父（宗輔の弟）が帳簿を預かって調べたところ、心当たりのない不審な出費が多く、勘定方の失策が明るみに出たのである。

だが使い込みを糾弾《きゆうだん》されて以来、一馬の姿は家から消えたという。

「嬢様は今回、接骨院の仕事を学ぶため江戸に出たとわしは聞いておったが……」

左内が口ごもるのを見て、鞍之介は言った。

「そうですか？　もしかして柳井一馬を探すためだったのでは？」

「探す？　いえ嬢様は、その居場所はご存じと思いますがの」

「ほう？」

「専門筋に頼んで調べたようですよ。その結果、柳井様は江戸の深川《ふかがわ》辺りに料理茶屋を始めておられ、ずいぶん流行《はや》っておるとか」

「え？　立ち入ったことを伺いますが、千尋どのとの関係はどうなんですか」

すると左内は苦笑して、知らないというように首を振った。

「ただ、祖父《じじ》様の勧める縁談を幾つも断わってきなすったから、或いは、柳井どのを考えていなさったかも……。お小さい時から、たいそう懐いておられたのは事実です」

「そうなら、なぜ深川に乗り込まないんです？」

「その場所は置き屋や賭場の多い、行きにくい所にあるとか。ただ嬢様は柳井様を説得して、花戸辺に戻ったかもしれん。今はご当主だから、勘定方の不正など何とかなさいますよ」

陽が陰り始めると、玄関に商人や配達人が訪れ始めたため、左内はさりげなく土間に下りて、鞍之介を庭に導いた。

「ま、手前がこれから行ってみますんで、何かあればまた……」

「いや、左内どのに、もう一つ伺いたいことがある」

と鞍之介はなお、玄関横に佇んで強硬に言い募《つの》った。

いま左内に問いたいのはただ一つ、十年前、瀕死で千住名倉に運ばれた車谷宗輔が、死に際に口走った言葉である。

「左内どのは、車谷家に長くおられたお方だから、すでにこのことを聞いておられるんじゃないかと思うんで」

と断って鞍之介は、禁句のように胸にしまっていたことを語った。あの直後に直賢に打ち明けて以来、口にするのは初めてだった。

「おお、そんなお話は聞いておりませんよ」

と話を聞いて、左内は首を振り顔をこわばらせた。

「そのようなことを、お宅様はどこからお聞きになったんで？」

「千住名倉堂の者として臨終に立ち会い、この耳で聞きました」

「……………」

絶句して、鞍之介をまじまじと見つめる左内の顔には、何の表情も読み取れない。

「わしは縁者じゃないんで、何も伝わっておらんですが。まあ、あのような旧い家には、何かと言い伝えがあるもんです」

「……例えばどんな？」

いやいや、と左内は苦笑して手を振った。

八

寺を出てまた大川橋に差しかかると、鞍之介はその真ん中辺りで足を止め、遠い富士山を眺めた。

脳裏に居座っているのは、あの左内の飄々《ひょうひょう》とした印象である。

さらに、やはり千尋は名倉堂で働きながら男を待っていたと考えると、裏切られたような穏やかならぬ気分に襲われた。自分の営む名倉堂のことを、柳井一馬は千尋から聞いて通うようになっただろう。千尋はそのことを知っていて、偶然の出会いを期待したのだろうか。

とするとおそらく親密だった二人の仲は、決裂しているのでは？　だが今は、ヨリを戻そうとしているらしいことを考えると、このまま帰る気にもなれない。といって『竹ノ家』で酒を呑む気にもなれず、今来たばかりの道を寺へと戻り始める。

（左内は何かを隠している）

と感じていた。五十年近くも車谷家にいたから、おそらく車谷家や主人に不利になることは言わないのだ。だが左内ほど、車谷家に通じている人間はいないだろう。もう一度、会ってみようと思った。

柳島《やなぎしま》の妙見《みようけん》様に向かう道は人通りが多かったが、そこから武家屋敷の練塀《ねりべい》が続く路地に入ると、人けは急になくなってしまう。

急ぎ足で進んでさらに折れ、寺を囲む木立を突ききってまた通りに出て、寺の門が見えてきた時だった。

寺の門から出て来た行商人が、ひょこひょこと軽い足取りでやって来る。

顔には頬被り、薄汚れた白と黒の細かい市松染の小袖に、裾は尻からげして黒い股引きを出し、背には包みを負っている。

変哲もない男だが、すれ違う時、背筋に何やら鋭い冷気を感じた。

同時に、薄汚れた白黒の袖に一点、黒ずんだシミが目に飛び込む。

血痕かと思った瞬間、反射的に腰を落とした。一瞬の差で頭上をヒュッと音を立てて、何かが飛んで来た。

次が来る、と思うより先に地べたに張りついた。頭上を続いてもう一本が飛んで行く。手裏剣は普通一本では収まらない。少なくとも三本から五本、多ければ十五、六本は連打する。

鞍之介は地べたに張り付いた勢いで転がり、手裏剣を手にする男の腰に組み付いた。

相手がよろめいたところを狙い、背負い投げで地べたに叩きつける。さすがに男は巧みな受け身で素早く起き上がり、木立の奥の薄闇へ逃げ込んでいった。

路上に転がっていた三本の手裏剣を手にとると、棒状の両剣型である。鞍之介は根《ね》岸《ぎし》流《りゅう》なる流派で、しばし修行したことがあるので、なんとかしのいだ。

しかし、この自分がなぜ襲われた？

二、三のことが頭を掠める。あの行商人は先ほど庫裡の玄関で見かけ、すれ違ったことを思い出していた。
嫌な予感がした。手にした手裏剣を懐に突っ込み、寺へ急いだ。だが一瞬遅かったようだ。玄関の扉は開け放たれていて、中には静寂が張り詰めていた。

玄関の入り口にたむろする野次馬の人垣から、そっと中を覗くと、男が上がり框にうつ伏せで倒れており、それを取り巻いて、僧侶と町役人らしい何人かが、低く何か言い合っているようだ。

どうやら殺害されてから少し時がたっていて、たぶんあの行商人はしばらく野次馬に混じって、様子を見ていたらしい。

倒れた男の盆の窪に手裏剣が突き立ち、伸ばした右手の不自然に強張《こわば》った形からして、男はすでにコト切れている。間違いなく左内だった。

懐に収めた手裏剣の主と、この下手人は同じだろう。だが今は、届け出たりする余裕はない。

それにしてもこの善良な爺さんが、何故こんな目に？

呆然と突っ立て見ているうち、やがて死体が運び出されて行った。

だが動けずになお見送っていると、

「失礼ですが、一色先生ですか」

と声をかけて来た者がいた。

振り向くと、袈裟《けさ》をかけ手に数珠《じゅず》を下げた四十がらみの僧侶が一人、取り残されたように立っている。そういえばさっき、遺体のそばで低声《こごえ》で経をあげていたあのお方か。

「はい、一色ですが、ご住職で……？」

「はあ、雲海《うんかい》と申しますが、いやはやとんだことで」

とまだ驚きが醒めやらぬ口調で言う。

「千尋が、お世話になっております。あの娘は、私の姪《めい》にあたります」

「おお、それはどうも。こんな場所で何ですが、お目にかかれて良かったです。左内どのとは先ほど会ったばかりでした」

と鞍之介は頭を下げた。良かったらあちらでお茶でもいかがですか、という相手の誘いに、有り難く従った。

「先ほどは、千尋に会いに来てくれたんだそうで。左内からすべて聞きました。今は千尋の行方が分からないと言うんで、驚いていたんですが」

線香の匂いの染みついた座敷で向かい合うと、

「……その左内がこの部屋を出て行って、直後に、息の根を止められたんですわ。私も四十半ばになるが、こんなことは初めてでして。いやもう、諸行無常です」

と雲海は青ざめた顔で言い、数珠を擦り合わせた。目元に張りがあり、眉も太く、千尋によく感じが似ていた。

「私は、左内どのと会って一旦寺を出たんですが、訊き忘れたことがあって途中で戻って来て、手裏剣に襲われました」

と今しがたの受難を、簡単に語った。

「いや、恐ろしいもんですな。しかし一色どのはよくぞ逃れました」

と心底感じ入ったように雲海は口にし、沈黙が落ちかかった。そこへ、若い僧侶が茶を運んできた。

茶を啜りながら雲海は、千尋はわが妹・千津《ちづ》の娘であること。千尋は何かあればすぐこの寺に駆け込んで来たこと、などを話した。

「で、左内どのに一体何があって、襲われたんで？」

若い僧侶が出て行くと、鞍之介はすぐに踏み込んだ。

「宗右衛門どのも去年亡くなって、あの家はもはや滅びるかもしれない。たぶんそのことに関係あるんですかね。左内は今はうちの寺男ですが、以前は車谷家の御庭番だったんですよ」

「ほう……！」

あの左内が、ただの老人ではないと思い始めていた矢先だ。御庭番とは探索方のこと。主家にまつわる秘密はすべて掌握しているだろう。

「最初は宗右衛門どの、その後は宗輔どのに仕え、郡代にまつわる情報をよく摑んでおったようです」

「では先ほどのことは、いわゆる口封じですか？」

「まあ、左内は、車谷家の生き証人ですから。生きていられちゃ困る者が、いるんでしょう」

だがこの自分はなぜ、誰に消されかけた？　下手人は左内と話している自分の顔を見ていたか？

もしかしたら、左内と話した内容を聞かれたのか。

その時、開け放した縁側に、一匹の猫がノソリと入って来た。白い毛に黒の斑が入った、大きな猫である。

「おお、左内が可愛がっていた猫で、滅多にここには来ないんだが」

と雲海は、静かに猫を撫でて言った。

「左内は、千尋の警固のため、寺に来たんです。一馬が陰で動いたかもしれません」

九

「立ち入ったことを伺いますが、柳井一馬は、千尋どのの想い人だったと考えていいですか。さっき左内どのから聞いたんですが、二人はどうやら、花戸辺の実家に帰ったかもしれないと……」

何の確証もないが、鞍之介は話の継ぎ穂にそう話してみた。

「ああ、そうですかな」

と雲海は言い淀み、猫が出て行くのをじっと見守った。

「あの柳井は問題あるお人だが、二人は子どもの頃から睦《むつ》まじかったんです。長じてその本性が見えても、あの娘には頼りになる兄貴のようだったんでしょう、まあ、腐れ縁とでも申しますか。宗輔どのはいっそ、二人を一緒にさせたかったのに、祖父《じじ》どのが大反対したとか。認められなければ外へ飛び出して巣を作る……そんな純情が千尋にはあったが、あの柳井にはそれがない。別れをちらつかせては、金をせびっていたようです」

　そこまで話した時、若い僧侶がやって来て何か囁いた。

　住職は大きく頷いて、言った。

「夕食をご一緒に如何か、と典座《てんぞ》（食事係）の方で申してますが？」

　いや、と鞍之介は恐縮して礼を言い、今日はここで失礼させて頂くと答え、若い僧侶は一礼して部屋を出て行った。

「御住職、長くなりましたが、まだ構いませんか」

「いいですとも。聞きたいことがあったら何でもどうぞ」

「先ほど、左内どのが言いかけて、言わなかったことがあるんですよ。東谷家にまつわる言い伝えが、何かあるんですか？」

「うーん」

　と住職は首を傾げ、庭のチチ……という鳥の声にふと立ち上がって縁側に立ち、すっかり日陰となった庭を眺めていた。

「一色どのは、妖し川という名を聞いたことありますか」

　と、ややあって独り言のように呟いた。

「ああ、妖し川とは、昔、綾瀬川がそう呼ばれたと……」

「そう、花戸辺村は花が多い所でしてのう。私と千尋の実家は、その近郊にありました。竜胆《りんどう》、千日草《せんにちそう》など、いくら洪水で流されてもまた咲くんで、長寿花と呼ばれていて……花が強いというより、土が肥沃《ひよく》なんですね。しかし妖し川とはよく言ったもんで、土を肥やすその一方で、川はよく氾濫しちゃ村を流し、さまざまな言い伝えを残したんですよ」

と再び席に戻り、二、三の伝承を話してくれたのだが、

「あの流域に伝説めいた話が多いのは、村が何度も滅んだため、滅びと豊かさのなせること。花戸辺は、才ある名主さんのお陰で蘇ったこともあり、車谷家にまつわる伝説もあるんですよ」

と言いだした。

そう古い話ではない。二代目、宗右衛門の時代、その御内儀《ないぎ》が、綾瀬川に身を投げて亡くなったと伝えられている。

まだ三十幾つかで、若い男との心中だったと言われ騒がれたが、その遺体は上がっても、若い男の方は上がらなかった。

本当に心中だったのか、男は逃げたんじゃないのか、いやそんな相手はいなかった……等々、何かと噂でもちきりだったと。

「村ではその奇怪な死を、今も〝妖し川心中〟と伝えているんです」

「妖し川心中……」

鞍之介はしばしその言葉を胸に収め、間を置いて言った。

「千尋どののお祖母さんですね。しかし宗右衛門どのの御内儀ともあろうお方が、何故また、そんな最期を遂げたんでしょう？」

「何しろ車谷家は美人の家系でしてね。御内儀も、村の男の憧れの的だったそうだから、そんな言われ方をするんでしょう。ただこのお方については、ここにもう一つ話があるんです。これは、ここだけの話ですが……」

幕府の領地であるこの辺りには、郡代がよく見回りや鷹狩で来たのだが、その時は必ず車谷家が、宿として自邸を提供したという。

その夜は、美しい御内儀に酌をさせ、床《とこ》にも侍《はべ》らせたと。そんな饗応が功を奏し、難しい灌漑のお許しも得られたのだと。

「むろん、どこまで本当かは分かりません。ただこの界隈での鷹狩の日には、郡代は必ず車谷家に宿ったと、左内が言っとりました。その噂を苦にして、御内儀は自害なされたと」

「ほう……。そんな話を、千尋どのは、知っていたんでしょうか？」

「そりゃ当然知ってるでしょう。私とは話しませんでしたが。ただ、この話は厳しく封じられ、村でも知る人は少ないそうです」

住職は首を振って、冷めた茶を啜った。

鞍之介は胸に浮かぶもう一つの疑問を、口にするべきかどうか迷った。それは十年前に、宗右衛門に伝えたあの宗輔の言葉である。

その後、何の後日談も聞かず、車谷家の人々は一体、その意味を解明したのだろうかと疑問に思っていたのだ。

今さら口するのも躊躇《ためら》われたが、この機会を逃したら、口にすることは永遠にないだろう。

「あの、もう一つ伺いたいことがあるんですが、食事の刻限に触りませんか?」

「その時は魚板《ぎょばん》が打ち鳴らされるから、食いはぐれはないですよ」

そこで鞍之介は頭を下げて、言った。

「実は十年前の話ですが、今も忘れられないことがあるんです。もしや、お聞き及びかもしれませんが」

と鞍之介はあの話をし、伝える相手が分からないので、宗右衛門に伝えたことを明らかにした。

するとと、和尚はいともあっさり言った。

「ああ、その話は、実は左内から聞きました」

「ええっ？　左内どのは誰から……？」

「いや、左内はあの嵐の夜、その場にいたんだそうですよ」

カンカンカンカン……とその時、夕食を告げる魚板が鳴りだした。だがまるでそれが聞こえないかのように、和尚は話を続けた。

十

十年前のその日の夕方、車谷宗輔は、村の外れの料理茶屋に柳井一馬を呼びつけていた。

一馬は車谷家の出納方《すいとうがた》で、広い屋敷の一角に住んでいたが、自宅では話せない大事な話があった。宗輔はすでにその時、帳簿に不審な部分があるのを発見していたのである。

左内はその日、馬廻り衆として主人宗輔に従って、茶屋にいた。

一馬はのらりくらりと宗輔の質問をかわして、なかなか答えない。宗輔は怒って帳簿を突きつけ、糾問《きゆうもん》した。するとあろうことか、一馬は何年も前の、まだ自分が生まれていないころの、鷹狩りの夜のことを話しだしたのである。

すなわち宗輔の母御が、郡代の寝床に侍ったという噂話を持ち出し、その真偽を迫ったのだ。

ところが息子の宗輔は、それを知らなかったのである。母親のことだからと、誰も耳に入れなかったようだ。

そんな事情を一馬は承知していて、こんな時の脅しの材料にするため、胸に留めていたのである。それを知った宗輔は、その卑劣さに逆上し、酒と肴の載った膳を蹴倒し、狂気に煽られて刀の鞘を払って、怒鳴りたてた。

「この悪党、表に出ろ！　成敗《せいばい》してくれる！」

宗輔には刀の心得があったが、柳井一馬は敏捷ではあっても、刀は使えない。裸足のまま玄関から飛び出し、その辺に転がっていた玄能《げんのう》を武器として手に取り、厩《うまや》から一頭の馬を引き摺り出して飛び乗り、山の方へと逃げたのである。

まだ夕刻だったが、朝から降り続く雨で辺りは薄暗かった。

「何しておる、左内、馬だ、馬を引け！」

宗輔は怒鳴り立てて左内に馬を引き出させ、一馬の後を追った。

「旦那様は、どうしなすったんで？　何があったんで？」

と茶屋の主人が驚いて、中から飛び出して来た。

その時、すでに馬上にいた左内はとっさに叫んだ。

「土砂崩れだ！　旦那様が見回りに出なすったから、これから追っかける、続いてくれ！」

村内では、武器を振り回しての争いは一揆《いっき》を疑われ、きつい処罰を受けるため、皆に武器を持たせたくなかったのだ。

「皆の衆、土砂崩れだ！」

主人は何が何だか分からぬまま叫び、若い衆に龕灯《がんどう》や、縄や鋤《すき》などを持たせて、送り出した。

しかし先頭を行った一馬は、手綱捌きが拙《つたな》いため馬が快く走ってくれない。そう遠くへ行かないうちに、宗輔に追いつかれてしまった。一馬が馬から降りたところへ、宗輔が駆けて来て馬上から刀で斬りつけてくる。

一馬は再び馬上に逃げて、玄能を振り回した。

それが思い切り宗輔の背中を打ったのだ。宗輔は息が止まりそうになって馬から落ち、そのまま狭い山道の端まで転がり、何とか草にしがみついた。這い上ろうと足掻《あが》くため、雨で柔らいでいる周辺の土はぼろぼろと崩れていく。

一馬は思いがけぬ成り行きに驚愕したが、とっさに泥に汚れた裸足の足で、草にしがみつく宗輔の手を蹴った。手が草から離れ、濡れた土肌をずって下の台地まで叩きつけられたところへ、左内と町の連中が駆けつけてきたのである。

「崖が崩れた、助けてくれ！」

引っ張り上げようとしているフリを装って、一馬は叫び立てた。

宗輔は、縄を持って来た若い衆に助け上げられ、馬で村まで運ばれたが、全身打撲で気息奄々《きそくえんえん》だった。だがこの町で医者といえば、年老いた漢方医だけだ。金創医のいる町までは、舟で少し下らなければならない。

「どうせ舟で下るなら、千住の名倉まで行こうでねえか」

と誰かが提案し、一気にそうしようと話が決まり、舟が用意されたのである。

一馬は戸板を担ぎはしなかったが、千住の船着場まで付き添った。左内は、千住大橋を経て千住名倉まで付き添った。

宗輔が亡くなってから、左内は宗右衛門から宗輔の最後の言葉の意味を問われて、見た通りを答えたという。

以来、二人は沈黙を通し、一馬の〝殺人〟は追及しなかった。

その代わり一馬に、金は幾らでもやるから何も知らぬ千尋と別れて出て行ってくれ、と宗右衛門は申し渡した。万が一、千尋に手を出したら、必ず何らかの手段で殺すと。

十一

雲海和尚から手紙が届いたのは、それから十日ほどたった、やはり雨の午後だった。

手紙には、いま花戸辺村から帰ったばかり、とあった。

この数日間また雨が続いて川の水嵩が増しているのに、と鞍之介は驚いた。

手紙はたいそう簡潔で短く、薄墨で書かれた字は一気に書かれたように、澱みがなかった。

「……残念ながら千尋には会えなかったことを、報告せざるを得ません。奉公人の話では、千尋は柳井一馬と共に一度、花戸辺の家に帰ったそうだが、夕方から一緒にどこぞへ食事に出かけたきり、帰らなかったと申します。

ただ四日前の未明、綾瀬川下流の葦《あし》の群生する浅瀬で、釣り人によって一艘の舟が発見されたそうです。そこには柳井一馬と思われる男が、死体となって横たわっており、その胸には短刀が刺さったままだったと。女物の草履《ぞうり》なども残されていたから、無理心中の片割れか、それとも心中を装った殺しか……などと地元では騒がれているそうです。もしかしたらこの雨と濁流のため、もう一体は舟から流されたかもしれず、捜索が続けられているようですが、未だ見つかっておりません。

詳細はお会いしてからに。近いうちお訪ねする所存です。取り急ぎの乱文乱筆をお許しください。

雲海」

鞍之介はその美しい手紙を何度も読み返していた。

ザアザアと激しく軒を打つ雨の音と、川音高く逆巻く大川の瀬音《せおと》が、耳を塞いでいたせいだろうか。

少しも、まとまったことが考えられなかった。

ただ反射的に頭に浮かんだのは、千尋は死んではいない……ということだ。

おそらく固く封じられた秘密を、いつか知ったのだろう。駒形にいた二ヶ月は、愛人の処刑を決意するまでの、迷いの時ではなかったか。それを決行し、滅びゆく車谷家に止《とど》めを刺して、花戸辺村からどこかへ出て行ったのだと。

第四話　流れ星飛んだ

一

「先生、ちょっといいっすか、一つ提案があるんです」

奥の小座敷で一服していた鞍之介は、背後から聞こえたそんな寸ノ吉の声に、え……と振り返った。

朝から詰めかけていた客が、思いがけなく手際よく捌けたので、その合間に茶で喉を潤し、縁側のそばで芳香を放っている白い梔子《くちなし》の花に、見惚れていたところだった。

「今度の休みの日、みんなで、芝居見物と洒落込んでみませんか」

「何だって？」

鞍之介があまりに素《す》っ頓狂《とんきょう》な声を上げたので、帳簿を抱えたまま座敷に入って来た寸ノ吉は、思わず足を止めた。

「おいおい、寸ノさん、急にどうしたんだ?」

〝芝居見物〟だって?

〝洒落込む〟って誰が?

そんな言葉が、この野暮天を地で行くような男の口から飛び出すのは、尋常ならざることと鞍之介には思えたのだ。

「あれっ、先生、ご存じないんすか?」

「ん?」

「今、あの南北《なんぼく》師匠の新作芝居が、大評判なんすよ。今日も待合室じゃ、その話でもちきりだったでしょう」

「ああ……」

勝ち誇ったような寸ノ吉の言い方に、鞍之介は曖昧に頷いた。

そういえば歌舞伎通の大江蘭童が先日、何か言っていたような気がするが、よく思い出せない。

「そうそう、演《だ》し物はたしか〝五十三つぎ〟とかいったな」

「はい、『独道《ひとりたび》中五十三駅《つぎ》』という、新作の夏狂言だそうで」

今月初め、木挽町《こびきちょう》の河原崎座《かわらさきざ》で幕を開けたが、その舞台で繰り広げられる宙乗りや、水中での早変わりなどの奇抜な趣向が、巷で大変な人気を集めているという。

新作ではあるが、題名からも察せられる通り、野次《やじ》さん喜多《きた》さんの珍道中で知られる十返舎一九《じっぺんしゃいっく》の『東海道中膝栗毛《とうかいどうちゅうひざくりげ》』を、下敷きとしている。

それを元にして、南北流に大胆に仕立て直したものだから、耳に馴染みやすく親しみやすかった。

ただ原作とは逆に、京から江戸に下る道中に、仇討《あだうち》や、お家騒動、化け猫騒ぎなどの逸話《いつわ》が盛り込まれ、市川團十郎《いちかわだんじゅうろう》や、尾上菊五郎《おのえきくごろう》など花形役者の活躍で、物語が次々と展開していく。

その鮮やかな見せ場が、空前絶後のおもしろさという。

暑い中で楽しむ夏狂言だから、深刻な道行《みちゆき》ものなどより、こうした派手で奇抜な趣向が好まれるのだ。

「ふーん」

と鞍之介は醒めた声で言った。

「しかしお前さん、やけに詳しいじゃないか。まるで昨日今日、観てきたばかりみたいだね」

「あ、いえ……ンなわけないでしょうが。これはすべて、受け売りですよう」

と寸ノ吉は頰を膨らませた。

「ははあ、もしかしてネタ元は蘭堂か？」

「お見通しです。つい先だって、その辺の通りで、ばったり出会っちまったんすよ。先生、えらく興奮しておられてね、初日にさっそく芝居を観てきたんだそうで……。あいにく、こっちは忙しくて、あちこち走り回ってる最中でしたが、先生は、乗りに乗っておいでてね。筋を初めから終わりまで詳しく教えてくださったんで、もう観てきたような気分なんすよ」

「ハハハ……あげくに〝他ならぬ南北師匠の新作だ、お前らも見とかなきゃいかん〟とか宣《のたま》ったわけだな」

「そうそう。〝俺ももう一度見たいから、付き合ってやってもいい〟と言われましたよ。おもしろくて分かりやすいんで、〝野暮天の鞍之介でも楽しめる〟とも言ってられました……」

「何だって？」

「あ、いや、これは蘭童先生のお言葉ですよ」

「蘭童は口の減らぬ奴だから、まともに聞いちゃダメだ」

と憤慨してみせたが、考えてみれば、それももっともと思われる苦々しい経験がないでもなかった。

　あれもやはり蘭堂に誘われ、南北の『東海道四谷怪談《よつやかいだん》』を中村座《なかむらざ》で見た時のこと。舞台のヒュードロドロドロ……のあまりの怖さに耐えきれず、芝居の途中で〝出よう〟と言いだして、蘭堂に呆れられたのだった。

「まあしかし、南北師匠ももう、七十三になられたはず」

　と鞍之介は、さりげなく話を逸らした。

　昨今は、人生五十年と言われ、六十の還暦には現役を若手に譲って、隠居するのが普通だった。ところがあの師匠は、いっこうに筆の衰えをみせず、悠々とこんな大当たりを取る力腕ぶりだから、人間ワザとも思えない。

「さすが南北師匠、と言うべきか」

　と言いかけて、首を傾げた。

「それはそうと、最近お見えにならんねえ」

「あ、言われてみれば、一ヶ月くらいになりますか」

　いつも十日に一度は姿を見せる師匠が、今月はまだ一度も現れていない。やはり今度の芝居に精魂傾けていて、出られないのか……。

悪戯《いたずら》好きで、人を驚かせたり喜ばせたりするのが大好きな師匠のこと。その不在は、こんな江戸の片隅の接骨院でさえ、淋しく感じられるのだった。

「うーん、何ごともなければいいがな」

と鞍之介が呟き、どちらからともなく沈黙になった時、助手の文平が入り口に長い顔を見せた。

「先生、頼みます。亀戸《かめいど》の師匠がお見えですよ！」

二

「やあ、長《なが》のご無沙汰で、もう忘れられたと思ったが」

向かい合うと南北は、いつものように軽口を叩いた。

「いやいやどうして、今も噂をしていたところです」

「しかし名倉の若先生は、いつ見ても元気そうで、余裕だねえ」

と白いものが一、二本混じる眉を上げ、

「こちらも天気晴朗《せいろう》、天竺《てんじく》まで経典を収めてきた気分でござるよ、ハハッ……」

と絶好調を装っているが、久しぶりに見るその顔に、鞍之介は息を呑んだ。大袈裟に言えば、死相が出ている！

たった一ヶ月かそこら間が空いただけなのに、骨太で、見るからに丈夫そうな肉体の持ち主が、痛々しく様変わりしていた。

その顔は血の巡りが悪くて土気色《つちけいろ》をし、面《おも》やつれしている。その体はすっかり肉が落ち、ひと回り小さくなったように見える。

何より気になるのは、その体全体から発していたあの年齢を感じさせぬ、憎々しいほどの毒気が、ほとんど感じられないことだ。

一本の大作狂言を書き上げるということは、こういうことなのか。

骨身を削って生み出した作品に生気を奪われ、作者の肉体は、今や抜け殻みたいに見えた。

とはいえ、そんな衝撃の思いは仮面の下に隠し、

「師匠こそ、おめでとうございます！」

と鞍之介は、笑顔で南北を迎えた。

「このたびの狂言は大成功だそうで」

「いや、とんでもねえ。大入りは有り難《がて》えんだが、実は初日が開いたとたん、寝込んじまったのよ。年は争えんもんだね」

「おや、大師匠がそんな弱音を吐くとは、どうなさいました」

「わしももう七十三だってことよ、それなりのことはあるわさ。寝ておったらラクになるかと思ったら、とんでもねえ。腰が痛くて痛くて、右向いても左向いてもどうもならん。腰の蝶番《ちょうつがい》が外れてバラバラになる予兆かと、死に物狂いで駆け込んで来たのだよ」

体は衰えても弁舌《べんぜつ》は衰えないと、鞍之介は少し安心した。

「じゃ、今日は亀戸からじゃなく……?」

「そう、木挽町で一晩、休ませてもらった」

「そうでしたか。しかし師匠、遠路はるばるよく来られましたな。それだけ元気があれば大丈夫、まずはお体を拝見させて頂きましょう」


鞍之介の自信の根拠は、その細心の触診によって、身体の深部にうずくまる悪の源《みなもと》を、的確に探り出す指先の力にある。

そして今、その指先が、南北の腰の奥に異常を探り出していた。

今月の芝居の幕が開くまで、おそく何日も河原崎座の作者部屋に座りずくめで、原稿書きに没頭していたのだろう。

たとえ弟子たちの下書きはあったにせよ、そんな見せ場だらけのややこしい大作を、役者や大道具や金主《きんしゅ》やらの勝手な注文をも聞き入れつつ、客を呼べる完成品に仕上げてゆくのである。

さすがの南北をしても、骨身に堪《こた》えたに違いない。そのツケが腰に回っているのが、まざまざと分かる。

おそらく座りずくめで、無理に無理を重ねた結果、骨格がずれてしまっている。骨格のずれは、それを支える筋肉の均衡を崩し、さらに血の流れも悪くして、肝臓《キモ》にまで、損傷を与えてしまうのだ。

触診によれば、キモは少し腫れているようだ。

さて、この肉体の惨状をどう立て直すか。

鞍之介は一時忘我《いっときぼうが》の状態になり、思いに沈んだ。

本来なら、こうした高齢の患者には、手荒な治療は避けるものだ。じっくりと時をかけ、薄皮を剝ぐように、体の歪みを矯正していくのが正道《せいどう》である。

だが七十三の南北の身体に、それだけの時の余裕があるだろうか。長くゆるやかな治療が成る前に、潰《つい》えてしまわないか。

ならば、一気に骨格の歪みを正す治療法がいい。だがそれが与える苦痛に、弱っている身体が耐えられるかどうか。

その施術《せじゅつ》には、並の骨つぎ師には及びもつかぬ、高度な技量と知識を必要とする。

(今それが出来るのは、師匠直賢と、自分くらいだろう)

と鞍之介は、確信している。

その自信過剰の骨つぎ師が、今、南北を再生させる最善の方法を巡って思い悩み、こう決断したのである。

(なまぬるい方法では、この文政の世が誇る狂言作家を、救えはしないだろう。このままでは自滅の道を歩むことになる。たとえ少々酷ではあっても、ここは、迷わず突き進むべきではないか。つまり毒を以って毒を制す、だ)

「さて師匠、これから治療にかかりたいと思いますが、始めてもよろしいですか?」

と鞍之介は、穏やかに言った。

「ん、なぜ、改めてそんなことを訊く?」

いつもは成すがままの患者だが、さすがに今回は、敏感になっているようだ。

「はい、少々、荒療治になりますから、時は普段よりかかるし、痛みも伴います。ですが……」

「ですが……?」

決然とした鞍之介の口調に、南北は先ほどの晴れやかさは何処へやら、怯《おび》えたように応じた。

「ですが、早い治療をお勧めします。その方が治りが早い」

「先生、早い方を頼みます。ただしお手柔らかにですぞ」

「はあ、出来る限りつとめます。寸ノさん、支度を……」

三

まずは患者の骨格の周りの肉を、丁寧にほぐしてゆくことから始まる。この段階では痛みはなく、患者は心地よさげに目を閉じている。

十分に時をかけて作業を続け、筋肉の強張りをすっかりほぐすことが肝心だ。それが終わるといよいよ本番である。

「寸ノ、両足をしっかり押さえておれよ」

と命じた上で、複雑な連続技を、次々と繰り出し始めた。

横になっている患者の体を起こし、また二つに折り畳み、また左右に捻ったり、裏返しにしたりする。

素人がそばから見ていれば、行き当たりばったりに患者の体を動かしているように見えるかもしれない。だが実際はそうではなかった。

この連続の技は、手指の先で患者の体の深部の状態を探りつつ、骨格のずれを元に戻すよう、鞍之介の脳裏で考え抜かれ組み立てられた精妙な技だった。

「ううっ……」

と、相次いで押し寄せる苦悶に、南北は唸り声を抑えられない。

「もう少しの辛抱ですよ、師匠、もう少しですから頑張ってください」

と口で励ましながら、手は容赦しない。

だが地獄の苦しみの真っ只中にありながら、南北も黙って耐えてばかりはいない。

「うぬ、こ、ろ、す、き、か……このやぶが。あとで、みておれ……」

とぜいぜいしながら、切れ切れに悪態をついてくる。

寸ノ吉は思わず噴き出したが、鞍之介は無視して取り合わない。それどころではないのだ。

荒療治もヤマを越えてしまうと、あとは傷んだ箇所を丁寧に修復していくだけ。これは普段の施療と変わらず心地よいはずである。

全身を汗まみれにしたまま、いつしか南北は軽い鼾《いびき》をかいていた。

「師匠、お疲れさまでした」

と声をかけると南北は目を開き、〝ここは冥土《めいど》か？〟とでも言いたげにおそるおそる周囲を見回し、全身の汗に気が付いた。

「おお、こりゃえらい汗だ」

「今、濡れ手ぬぐいで、お身体を清めますんでじっとしててください。しかし、よく頑張られましたね。荒療治が成功したのは、まさにその頑張りのおかげですよ」

「いやァ、えらいめに遭って死ぬかと思ったが、成功したんだね」

「普通、お若い方にしかこんな治療はしないんですが、師匠は、普通とは違いますから」

「ハハッ、化け物芝居を書いておるんで、わしのことも化け物呼ばわりなさるか。化け物は治療代《かね》を払いませんぞ」

と両手を羽根のように広げ、ばたつかせた。

その時、寸ノ吉が南北を床に起き上がらせ、上半身を拭き始める。

「おお、いい気分だ。おかげさんで嘘のようだ。死体みたいに冷えきった身体が、ポカポカしてきましたぞ」

淀んでいた血の流れが、勢いよく巡り始めたである。

土気色だった南北の顔に、赤みがさしていた。

(やれやれ、よかった)

と鞍之介も安堵した。

「しかし師匠、ここんところ、ちと、酒が過ぎていませんか?」

「図星です。腰が痛いんで、つい酒で紛らわせ、酒浸りになっちまった」

「そのせいで、キモが傷んで少し腫れてますよ。これは良くない兆候なんで、しばらく酒は絶対に控えてください」

「お易《やす》いことです」

軽口めいて言ったが、さすが海千山千の狂言作家も、今度ばかりは堪えたらしい。

「今度の芝居は仕掛けが多くて、途方もなく、手がかかったんでね。おまけに昔は一日で出来たことが、今は三日かけても埒《らち》があかんのです」

といつになく愚痴がこぼれた。

「それでもこれだけの偉業をなさるのだから、師匠のお身体は普通じゃないです。大事にして頂かないと」

「ハハッ、いつまでもキモを腫らしたままにしちゃいかんねえ」

と真顔になって、

「これまでわしは、百以上の狂言を書いてきたが、そろそろ一世一代《いっせいいちだい》を、書かねばならん時が来た」

「一世一代を？」

それは、これを限りに引退する晴れの姿……というような意味である。狂言作者にとっては、書き納めの狂言ということになろう。

「ああ、実は、もう題名も決めてあるんだ」

「へえ！　何というんです？」

「金幣猿島郡《きんのざいさるしまだいり》。これじゃ、さっぱり見当もつかんだろうがね。実はわしも、まだよく分からんのだが」

「じゃ、それを書かれた暁に引退なさるんで？」

「そうなるかな。ま、なかなか仕上がらんだろうから、先は長いがね」

と南北は笑った。

四

翌日、木挽町の作者部屋に顔を出した南北は、生気に満ちていた。

昨日までの、死人じみた生気のなさは嘘のようで、テキパキ雑用をこなすその姿はまた、周囲を盛り上げた。

いざ芝居の興行が始まってしまえば、作者はご用済みと思われがちだが、なかなかどうして。しばらくは役者から、台詞《せりふ》の手直しや、役者の都合で変えた場面の処理などの注文が相次ぎ、大わらわなのだ。

さらに、前日に巷で大事件があったりすると、その話題を即席で台本に取り込むため、その作業に追われることになる。

多くは立作者《たてさくしや》が手を下すまえに、弟子がこなしてくれるのだが、ここしばらく腰痛で動けなかった身では、何かと気ぜわしかった。

この日は、そうした諸々のことをこなしてから、立作者に割り当てられた机の前に陣取って、一服していると、

「只今、下に三河屋さんが見えてますよ」

と茶を運んできた作者見習いが、告げた。

「何でも、師匠に折り入ってご相談があるそうで」

「え、三河屋てェと？……あ、銀《ぎん》さんのことか」

銀さん、こと二代目中村銀蔵《なかむらぎんぞう》。

もう歳七十を超えた老優である。

芸歴は長いが、堅実一筋の渋い脇役専門の、地味な役者だった。

よほどの歌舞伎通でも、ほとんど話題にすることもない。

南北とは長いこと共に悪戦苦闘してきた仲で、今はその芝居にも脇役として出続けているのだが、その南北さえ、三河屋と聞いても、すぐには銀蔵の名が浮かばなかった。

「いいよ、ここへ上がってもらいな」

「え、よろしいので？」

作者部屋には役者を入れないのが、この世界の不文律《ふぶんりつ》だったから、見習いは意外そうに声を上げた。

「いや、銀さんはいいんだ。ガキのころからの古い付き合いだから」

と南北は顔を和《なご》ませた。しかし、こんな時にいきなりやって来るのでは、どうせ込み入った相談だろう、と見当をつけた。

「まあ、隣の小部屋に案内しておくれ。ただ銀さんが来てることは、皆に内緒にしといてくれよ」

南北にとっては、初めて作者部屋に見習いに入って、何もかもが思うようにいかなかった若き日の、盟友である。

役者として苦労を重ねてきた銀蔵は、南北より五つ六つ年下だが、出会ってすぐ意気投合し、長く付き合ってきた。今もこうして、個人的に訪ねて来てくれると、弟に会うようにじんわりと心が暖まる。

「やあ、銀よ、よく来てくれた。こうして会うのは久しぶりだな」

煙草盆を抱えて隣部屋に入ると、銀蔵は浴衣の裾を乱すまいと畳に横座りしている。そこへ遠慮するなとばかり、座布団を押しやり、自分もどっかりと胡座《あぐら》をかいた。

「忙しいとこ済まんねえ、師匠。さんざんご無沙汰したあげく、来る時は突然の押しかけだ」

「ハハッ、お互いさんよ。銀さんはいつも舞台で見てるから、ついいつも会ってるような気になっちまう」

「それはそうと、今度も大入りで、何よりだな」

「お陰さんで。ただ、実は、昨日までは腰痛でへばってたんだよ。ところが、行きつけの名倉に掛かったんだが、そこの骨つぎ師が天才でね。エイヤっとばかり治してくれたのさ。もし何だったら、紹介してもいいよ」

「有難うよ。なに、ちっとばかり話を聞いてもらいたくなってさ」

と銀蔵は皺深く苦笑した。

出番を終わって大急ぎで化粧を落としてきたらしく、まだ顔にうっすらと汗が滲んでいる。

その素顔がめっきり老け込んでいることに、南北は今さらながら衝撃を受けた。舞台での姿はよく目にしているが、その素顔を近くで眺めるのは久方ぶりのことだ。

自分より年下なのに深い皺が目立ち、ふっくらしていた頰もげっそりこけ、十歳ぐらいは年上に見えた。

そう言えば銀蔵は、半年ほど前に、長年連れ添った女房に先立たれている。南北も十年前に、女房のお吉《きち》を喪っているので、その心身の痛手は察しがつく。銀蔵夫婦には実子がいなかっただけに、その傷心は一層深いのだろう。

「いや師匠、先だっては女房の弔《とむら》いに、過分な心遣いをしてもらって、かたじけない。

礼を言うのがすっかり遅くなって、ずっと気にしておったんだが……」

「おや、何だよ、急に畏《かしこ》まって。礼を言われるほどのもんじゃねえ、ほんの形ばかりのもんよ。どうだ、その後は。少しは気持ちの整理がついたかい？　わしなんぞは結構、引きずったもんだが」

「うん、芝居に出ていりゃ気は紛れるが、家へ戻っても待ってる者がいねえってのには、なかなか馴れんよ」

「う－ん、そればっかりはな」

と南北は煙を吸い上げ、ゆっくり吐き出した。

「ところで、お前さん。女房の弔いの礼を言いに、ここへ来たわけじゃなかろう？　何か相談事があるんなら、聞かせてもらうよ」

「ああ、それだがね」

と言って銀蔵は、にわかに姿勢を改めた。

「実は今度の芝居を切りに、役者を辞めようと思う」

「ええっ？」

「これ以上、舞台で生き恥を晒すのが、とことん嫌になっちまってさ。ただしこのことは、まだ座頭《ざがしら》にも伝えちゃいねえ。これまで師匠にさんざん世話になったんで、決心がついた途端、真っ先に師匠に挨拶するのが筋と思ってね」

五

「寂しくなるな……」

南北は戸惑いを隠しきれず、目を細め、声を途切らせた。

「しかし、何だってまた、急にそんなことになるんだ。お前さん、おれよりずっと若いじゃねえか。理由は何だ？」

「脚だ」

すかさず銀蔵はその言葉を吐き出した。

「おいらのこの脚は、もうどうにもなんねえガラクタになっちまった」

と横座りしていた両脚を、ここぞとばかり畳に投げ出した。

裸足のその足先は生白《なまじろ》く、老人のものとも若者のものとも見えず、別の生き物のようだ。先ほど、この姿勢で畳に脚を投げ出していたのを思い出し、そうか、と南北は思った。

「脚が悪いとは知ってたが、そう深刻とは思わなかったよ」

「最近はまともに歩くのも難しくてね。今も階段を上るのに、あの若い衆の肩を借りたんだ。礼を言っといてくれよ。師匠も、先刻気付いていなさるだろうが、おいらの出番はもう、座りの場面に限られてるんだ。おかげで楽屋じゃ、〝置物〟呼ばわりさ」

「………」

そう言えば今度の河原崎座の芝居でも、あまり動かない役にしてくれと注文された。そこで帳場に座っているだけの男を、銀蔵のために当て書きし、しっかり見せ場をしつらえてやったのだ。

「しかし、そんなに切羽詰まってるのか」

「ああ、もうダメだな。実はね、評判を聞いて、千住の名倉堂にも通ってみたんだがねえ。骨が変形しちまってるとかで、どうもならんかったんだ」

「ふーむ、名倉でもダメか……」

さすがの南北も絶句した。

思えば二代目中村銀蔵は、不運の星に見込まれた役者だった。

その中でも一番の不運は、父親の初代銀蔵が、不世出《ふせいしゅつ》の名優だったことだ、と南北は思っている。

歌舞伎界では、家柄や血統ですべてが決まる。

だがそんな世界にあって父銀蔵は、年給わずか七両の下《した》っ端《ぱ》役者から、千両取りの座頭まで上り詰めた偉人である。自らの執念と才覚で、独創的な演技の型を次々と生み出し、群れから飛び立った。

だがその大役者の子に生まれた銀蔵は、才覚や容姿など、多くの点で父親に及ばなかったのだ。

うだつが上がらなかった若いころの南北は、同じ仲間の銀蔵が、よくこう自嘲したのを覚えている。

「役者は目が第一、次は声、三番目が愛嬌《あいきょう》だ。ところがおいらは目が小さく、声は悪く、愛嬌もない。だから役者に向いてねえ。それでも御曹司だから、やるっきゃねえってわけさ」

六歳のみぎりで初舞台を踏み、中村九蔵と名乗った。

父親はこの不器用で覚えの悪い息子を、物差しで尻を叩いたり、小刀の先刃を押しつけたりして厳しく指南したという。だが一向に成果を見せぬ我が子に絶望し、

「ええい、木偶《でく》の坊が、勝手にしろ」

と放り出してしまったと、銀蔵から聞いた。

いよいよ独りで〝やるっきゃなくなった〟銀蔵は、死に物狂いで先輩らの芸に学び、盗み、覚えて、どうにかこうにか格好がついたのだ。

するとそんな九蔵に、いきなり名題《なだい》昇進の話が出た。

名題役者とは、芝居小屋の看板に名前が載る、主役級の役者のこと。明らかに実力不足の九蔵が、一足跳びに昇進出来たのは、父親の〝ご威光〟のなせるわざでしかない。

その反動か、先輩や同輩役者の反発は大きかった。おかげで九蔵は楽屋内のいじめの対象となり、陰湿ないじめに耐えて、地獄の日々を送ることになる。

南北が銀蔵と親しくなったのは、そんな修行時代の九蔵だった。

自身も作者部屋で、最下層の見習いとして不遇をかこっていたが、

「親の因果が子に報いたァ、このことよ。もう役者なんかやめた」

と九蔵の愚痴を聞かされるたびに、自分のことは棚に上げ、〝まあ、待て、焦ることはねえ〟などと、押しとどめたのである。

そんな中で九蔵の唯一の輝きは、芝居茶屋『栄屋《さかえや》』の末娘お菊《きく》と、恋仲になったことだろう。必ずしも乗り気でなかったお菊の父の栄屋主人は、娘の熱意にほだされてこの縁組を認め、二人は無事祝言《しゅうげん》を上げた。

その翌年、父の初代銀蔵が急死。

孤立無援となった九蔵は、後ろ盾を失った悲しみよりも、父親という重圧から逃れた解放感の方が、はるかに大きかったと述懐した。

そして二十歳にして、二代目銀蔵を襲名。手堅い脇役として認められるようになるのは、それからのことだ。特に老け役では、年に似ない枯れた風格を見せるようになった。

中年期を迎えて〝自分〟の演技を見い出し、お菊との夫婦仲もよく、ようやく運が向いて来たかに思われた。

その矢先、またも疫病神《やくびょうがみ》のしわざかと思われる出来事が、銀蔵を襲った。中村座の仇討物の芝居で、仇役を演じた銀蔵が縄に縛られ、宙吊りにされて責められる場面で、その縄が切れ、身体が舞台に落下してしまったのだ。

それほどの高さではなかったが、運悪く腰を強打した。この古傷が、銀蔵の役者生命を、じわじわと蝕んでゆくことになった。

「よし銀さん、事情は分かった。ここから先は、河岸を変えてじっくり話そうじゃないか」

話を途中で遮った南北は、ともすれば沈みがちな空気を吹き飛ばすように、大きな声で言った。

六

その半刻後――。

二人は木挽町の表通りから少し外れた路地の奥にある、馴染みの酒亭の小座敷で、酒を酌み交わしていた。

といっても南北は、鞍之介から、禁酒を厳しく命じられている身だ。

最初の一杯を付き合っただけだが、銀蔵は長年の友人に、他人には言えぬ心の内を打ち明けた気楽さで、美味そうに盃を重ねた。

「なあ銀さん、わしが改めて言うまでもないが、今の歌舞伎に一番必要なのは、お前さんのような脇役なんだ」

と南北は、前にも言った気のする台詞を、再び吐いた。

「それも昔からの芝居の型をしっかり叩き込まれた、頼もしい脇役だ。立役なんざ、いくらでも代わりはいるがな。脇がグズグズじゃ、肝心の主役も引き立たねえ。舞台を生かすも殺すも脇役なんだよ」

「…………」

「狂言作者としても、言わせてもらおう。お前さんのように、芸の引き出しをたくさん持った、苦労してきた役者がほしい。たとえ思うように動けなくてもいいんだ。若い連中の手本として、第一線で、もう少し頑張ってみる気はねえかい」

そう南北は、説得した。

相手の頑固な性格をよく知っているだけに、翻意《ほんい》をさせるのは至難の業と承知しつつ、本音を吐いた。

だが黙って聞いていた銀蔵は、笑いながら言った。

「師匠、若いやつらの手本には、今までもさんざんなってきたさ。ああなっちゃいけねえ、あんな置物にはなるな……とね。その点じゃ優秀な手本だったと思うがな。だが恥さらしも、もうそろそろいいんじゃねえかと……」

これは最もタチが悪い言い方だった。

ここまで自嘲が過ぎると、もう説得は無理だろう。

「しかしお前さん……」

となお諦めきれず、茶を啜りながら往生際悪く言った。

「役者を辞めた後、どうするつもりなんだ?」

「まだ何も決めちゃいねえがな。ただ……死んだ女房と、前から約束していたことがある。おいらが役者を退《しりぞ》いたら、二人で西国《さいごく》をお遍路《へんろ》しようかと……。女房は本気で楽しみにしてたんで、せめて位牌を抱いて、霊場巡りでもしてみるかと。同行三人だ、お大師《だいし》さんと、女房と、おいらと……。ただ問題は、この足だ。こいつがおいらの言うことを、よく聞いてくれたらの話だがな」

(こりゃいかん)

お大師さんには勝てない、もう全く脈はないと南北は思った。

これで、自分と同じ一線で共にこの世の運命《さだめ》と戦ってきた同志が一人、脱落することになる。

それが、例えようもなく寂しかった。

いいじゃないか、不如意《ふにょい》でも、置物でも……と思う。死ぬまで舞台を離れまいとお互い若いころから、暗黙に誓ってきた仲間じゃないか。何が恥さらしだ! 恥を晒さんと何も出来んぞ。

……と無性に腹が立ち、酒を呷《あお》りたかったが、やはり鞍之介の顔がちらついて、美味い酒にはなりそうにない。

「じゃ、銀さん」

と南北は言った。

「役者として、もう、思い残すことはねえッてのかい」

声が少し尖って、恨み節のように聞こえたかもしれない。

「そうさねえ」

酔いの回った銀蔵は、恨み節などとは思わなかったらしく、しばし沈黙の末、赤ら顔を緩めてまともに答えた。

「ま、正直、思い残すことはあるさ」

「言ってみなよ」

銀蔵は舌で唇を舐め、少し迷っていたが、

「ま、手前勝手でこれまた笑い話なんだが、聞いてくれる人がいるうち言っちまうと……一度でいいから、あの花道で、タッタッタッと六法《ろっぽう》を踏んで、颯爽と、揚幕に引っ込んでみたかったよ。ほれ、こうして見得《みえ》をね」

と、両手でその仕草をし、見得を切って見せた。

「こう風を切ってさ、万雷の拍手を浴びてさ、ははは……笑ってくれ、所詮見果てぬ夢だったが」

「ハハッ、そりゃおもしろい、座り六法だね、うん……いいねえ」

南北は笑って自分もその仕草をして見せ、カッと目を見開いて見得を切って見せる。

「そうそう、團十郎はこうだったたっけな」

「いや、源さん、そりゃ菊之助だよ、團十郎はもっと右目を寄せる」

と銀蔵はつい、南北の昔の名前の源さんを口にし、両手で仕草を作って、見得を切って見せた。

「なるほど、ハハッ……いいねえ」

二人の老人はそれぞれに手を捻り、ハッ……などと気合いを入れて目を見開く。あげくに南北はもろ肌を脱ぎ、立ち上がらないまでも、両足を畳につき、中腰で〝座り六法〟と洒落込んだ。

「失礼します」

とその時、声がして、襖が開いた。畳に両手をついて入ってお辞儀をし、頭を上げたおかみは、腰を抜かしそうになって叫んだ。

「あら、まっ！　師匠、何をなされておられます?」

「やっ、おかみ、ちょうど良かった。これが〝座り六法〟と言って、いま流行りなんだよ。あんたもどうだ?」

と南北は調子付いて、なおも座り六法を続けて見せる。

「まあ、勘弁してくださいまし」

おかみは笑いを堪え、新しい膳と古い膳を手早く取り替え、

「わたしは藤間《ふじま》流の踊りしか能がございませんの。座り六法……ですか、そんな今ふうなことはとてもとても……」

と酒をつぎ足すと、這う這う《ほうほう》の体《てい》で退散してしまった。

二人は顔を見合って笑い転げ、笑い涙を指で拭きながら、南北が声を改めて言った。

「……銀さん、やってみるかい？」

「ん？」

銀蔵も笑いを残したまま、酒に戻った。

「いや、もう酔っ払っちまった。またいつか飲んで、盛大にやろうや」

「いや、違うよ。銀さんの一世一代を、おれが一丁仕立ててやろうって話だ」

「一丁仕立てるったって……何を？」

「芝居だ」

芝居？　銀蔵は呆れたように、南北に酔眼《すいがん》を据えた。

昔から悪戯好きで大ぼら吹きのきらいがあったが、言うに事欠いて……と思った。

それでなくても調子の悪い腰が、この話でストンと抜けたような気分だった。

「そりゃァ嬉しいが、まあ無理すんなって。おいら、この通り、杖ついて歩くのがやっとの身だからさ。ただ源さんの、その気持ちだけは、有り難く頂戴しておくよ」

「何を情けねえことを！　やってみようじゃねえか」

「なあ、頼むよ、源さん。これ以上おいらに……恥をかかせないでくれ」

と銀蔵は言い、どっと酔いに包まれてその場に崩れ伏した。

七

まだ五つ（八時）を回って間もないが、もう熱気を帯びている六月の朝――。

開院前に、通用口の掃除をしていた寸ノ吉は、通りの向こうから急ぎ足でやって来る大柄な老人の姿を、垣根越しに見た。

やけに元気な爺さんだと思う間もなく、気が付いた。

紛れもなくあの師匠だ。先日は土気色の顔で、今にも倒れそうによろばい歩いてきた、あの南北だ。

「や、師匠、お早うございます！　こんな時分にどうされたんで？」

と垣根の植え込みから声をかけると、南北は手を振って言う。

「すまんが先生は今、手が空くか？　ちと急用があって来たんだが」

と手でしきりに、通用口から入れてくれと合図する。

玄関口の方にはもう、客が何人か集まっていた。

寸ノ吉は師匠を裏木戸に誘導して、通用口に導いた。

まだ普段着で、施療の準備をしていた鞍之介は、いきなり治療部屋になだれ込んできた南北を見て、仰天した。先日の治療は失敗だったかと、心の臓《しんぞう》が止まりそうに驚いたのである。

「あ、いや、先生、わしはこの通りピンピンしてますぞ」

鞍之介の顔から事情を察して、南北は慌てたように言った。

「朝っぱらから忙しいところを、申し訳ない。実は今日は、古い仲間の歌舞伎役者のことで、急ぎの相談事がありましてな。手間は取らせんから、ちと耳を貸してくださらんか」

その南北らしくないへり下った腰の低さにむずむずしながら、

「はい、遠慮なくどうぞ」

と鞍之介は気軽に応じ、患者の目に触れない奥の小座敷に通した。

った。

「かたじけない」

と南北は頭を下げ、さっそく昨夜、木挽町の酒亭で聞いたばかりの話を要領よく語った。

すなわち脇役専門の、二代目三河屋中村銀蔵の来歴と、互いに〝源さん〟〝九蔵〟と呼びあった仲を簡単に、そして現在の、絶望的な足腰の状態を詳しく話した。

「……てえわけで。銀蔵の一世一代を、このわしが、引き受けてえんだ。何とか花道を歩かせてやりてえんですわ。地味な脇役で通した役者人生だったから、最後くらい、派手な見せ場を仕掛けて、送り出してやりてえんで」

と南北は自らの言葉に頷いて、目を濡らした。

「先生、この場面の花道を、あいつの脚で歩けるようにしてくださらんか。なに、花道なんぞ、たったの六十尺《しゃく》だ。それだけ歩けりゃ御《おん》の字です」

「ちょ、ちょっと待ってくださいよ、師匠」

思いもかけぬ話の展開に、鞍之介は慌てて声を上げた。

「お話はよく分かりました。分かりましたが……」

「……どうなんで？」

「それは無理だってことも、分かったんですよ。だって三河屋さんには、千住名倉にも通われて、はかばかしくなかったんでしょう？　それは相当、深刻な状態です。あの大《おお》先生が診てダメであれば、それ以上の施療が、ここで出来るなどとはお約束出来ませんよ」

するといきなり南北は声を張り上げて、一喝した。

「何を言わさっしゃる！」

その迫力に気圧《けお》されて、鞍之助介は思わず身をのけぞらせた。

「その気概のなさは何なんだね？　わしは以前、千住の大先生から、弟子の中に神の手を持つ男がいる、と聞かされたことがある。それがあんただ。大先生からそこまで認められながら、大先生でダメなら自分もダメですと？　甚だ聞き苦しい。自分に安住しておる者の言い草だ。弟子が先生を超えないでどうする？　世の中、進歩も発展もありませんぞ」

これには鞍之介も参った。

まさに言われた通りなのだが……。

「あんたのその手は、銀蔵のような脚を診るために、あるんじゃないのか？　診てダメなら、それで初めてダメだったと言えばいい。それが、順序というものだ」

「分かりました！」

鞍之介はもはや叫ぶように言って、頭を下げた。

「是非ともやらせて頂きたいんで、三河屋さんを、いつでもここにお連れくださ い」

八

その夕刻——。

案に相違して、銀蔵は一人で杖をついて駒形までやって来た。

この蒸し暑さの最中《さなか》、汗もあまりかいていないのを見ると、河原崎座のある木挽町から、駕籠を仕立てて来たのだろう。

出迎えた寸ノ吉の肩を借りて銀蔵は、玄関からそろそろと治療部屋まで入って来た。

鞍之介は治療衣を身につけて待っていたのだが、顔を合わせるや銀蔵は挨拶もそこそこに、

「亀戸の師匠にご紹介頂いた三河屋銀蔵ですが、先生、このたびは、何やらえらいご無理をおかけしちまって。手前は、そんな晴れがましいこたァ望んじゃいねえんですがね」

と、丁寧に頭を下げた。

　意外に腰の低い温和な佇まいに接して、鞍之介はスッと気が楽になった。南北のいささか大仰な話しぶりから、陰気で気難しそうな老人を思い描いていたのだ。

「師匠は、道具方とのややこしい相談ごとがあるとかで、ちと遅れて来なさるんで、始めていいてくださいと」

「分かりました。申し遅れましたが、私が一色です」

「ああ、よろしくお頼みします。しかし、全く面目ねえこって。手前の余計な一言が、いけなかった。師匠は言い出したら聞かねえたちだが、ただ話の分からんお人じゃねえんでね。どうか、ご無理はなさらんでくだせえよ」

　と銀蔵は困惑した目で、鞍之介を見た。

「いえいえ、どうぞご心配なく」

　言葉を返す鞍之介の目は笑っていた。

　このお人は、花道で見得を切るより、周囲の迷惑を案じている。わがままと傲慢が大物の証のようにまかり通ると聞く芝居の世界に、こんな役者もいるのかと鞍之介は見直す思いだった。

　同時に、そんな世界での、銀蔵の生き難さも分かるような気がした。

「さ、どうぞこちらへ。さっそくお身体を拝見しましょう」

予期していた以上に、銀蔵の身体の衰え方は激しかった。

特に下半身は、鞍之介もこれまで滅多にお目にかかったことがないほどの、悲惨な状態だった。

まずは腰である。おそらく例の舞台での落下事故の後、損傷した部分の手当てが、十分ではなかったのだろう。その不具合を長い間引きずっているうち、脚にまで広がった。

両脚は、無用の負担をかけられ続けていたことで損傷が及び、ついには一人で立ち上がるのが困難な状態にまでなってしまった。

さらに関節だ。過重な負担に、加齢が加わって、その表面を覆っている軟骨がすり減って、骨と骨が直接ぶつかるようになった。その結果、骨と関節はすでに無残に変形している。

千住の名倉堂で治せなかったのも、むべなるかなだった。

このような状態で来られては、どんな名医でも手の施しようがない。

この末期的患者に、芝居の花道を、見得を切りながら走らせると？

冗談じゃない。そんなことは、あの切支丹伴天連《きりしたんばてれん》の妖術《ようじゅつ》でも使わない限り、出来るはずがない。

しかし、ではどうしたものか。

後は、痛みを軽減するための揉み療治や、膏薬《こうやく》などの対症療法に頼るしか考えられないが、それでは患者を立たせることは出来ない。

「やはりダメでした」

と謝って出るか？　いや、口が裂けてもそうは言いたくない。

しばし思案を重ねた。ただ一つだけ、千住名倉堂では出来なくて、自分なら出来る技があるのだ。

人間の身体の奥深い所にある〝深層筋〟という筋肉に、直接働きかける技である。

深層筋は、体の表面の筋肉と違って目に見えないが、縁の下の力持ちとして、表面の筋肉を支え、補助する役割を持っている。非常時には、その秘められた力を全開し、表の弱った筋肉を立て直しもする。

そして鞍之介の指は、余人には及びもつかぬ深層筋のありかを探り出し、それを起動させる特殊な能力を備えていた。

だがこれはいわゆる、〝超能力〟と言われるものではない。

師直賢から直々に教えを受けた柔術の奥義と、大江蘭童から授かった最新の蘭学をもとにして、鞍之介が独自に編み出した隠し技、〝秘術〟と言ってもいいだろう。

この際、その隠し技を使ってみるか？

そう思う一方で、あの年齢では、表の筋肉ばかりでなく、深層筋も力を失っている可能性が案じられた。痛い思いをさせて辛い結果になるのを思うと、どうしても迷ってしまう。

考えに考えたが、鞍之介は決断した。

人間の身体の奥深くには、思いもよらぬ神秘の力が隠されているもの。それに賭けてみようと思ったのだ。

九

「三河屋さん、これから少しばかり、膝を触らせて頂きますよ。ちょっと痛みますが、すぐに終わります。ほんの一瞬ですから、堪えてくださいよ」

「はい……」

さすがに銀蔵は不安そうだった。

柔らかい指先が、左右の膝頭を慎重にゆっくり探り回り、ツボを見つけては力を入れ、ここぞとばかりグイと圧をかける。

そのたびに、老人の萎《しぼ》んだ身体のどこから出るのかと思えるほどの、動物めいた鋭い悲鳴が上がった。

（この老人にはちと酷だったかもしれない）

と鞍之介は思う。だが指が押さえるのは最も難しい部分であり、思い切って圧力をかけるのは重要な技。ここは無慈悲に続ける。

やっと難所を超えてからは、表面の痛んだ筋肉を労わるように、丁寧に揉みほぐしていく。

銀蔵はやっと落ち着き、気持ちよさそうに目を閉じた。

その時、寸ノ吉に案内されて、南北がそっと入って来た。

「大事な時に遅れちまって、申し訳ない」

と南北は銀蔵が眠っていると思ってるらしく、声を潜めて言った。

鞍之介は黙って微笑し、銀蔵に向き直った。

「三河屋さん、終わりましたよ。目を開けてください」

銀蔵は横になったまま目を開け、後方の南北の姿に目を止めた。

や、師匠、わざわざすまねえ……と言いたげに目を瞬く銀蔵に、鞍之介の声がかかった。

「では三河屋さん、そこでゆっくり立ち上がってみてくれますか」

「は？」

と銀蔵は、怪訝そうな声を上げた。もう長い間、舞台でも自力では立ち上がれず、黒衣《くろご》に腰を持ち上げてもらってきたのだ。そんなこと出来るはずがない。

「大丈夫ですよ。ゆっくりでいいから、ご自分の脚で立ち上がってみてください」

銀蔵は両手でそろそろと腰を浮かせると、ためらいながらも思い切って両足に精一杯の力を込め、ゆっくり身体を持ち上げた。

銀蔵はそこに立った。立ち上がれたことが信じられないように、呆然として無言で立っている。

「おお！」

南北が驚きの声を上げた。

「次に、右足を上げて、一歩踏み出してみてください」

鞍之介の声が、響く。

「…………」

それは無理だと言いたげに、銀蔵は声の方へ顔を向けたが、

「さあ、前に出るのです、一歩でいい」

鞍之介は厳しい顔で、冷酷な指示を繰り返す。

銀蔵は右足を恐る恐る持ち上げると、一歩前に踏み出して静かに着地し、その脚に体重をかけていく。その途端、

「アッ……ヤヤッ……」

という声にもならぬ悲鳴と共に、右膝がぐにゃりと崩れ、銀蔵の体は前方に倒れかかった。

誰のものともつかぬ、複数の悲鳴が部屋の中に響き、傾いた銀蔵の体は、とっさに鞍之介に抱き抱えられていた。

その痩せて、決して重くはない身体が、鞍之介にはひどく重く感じられ、言いようのない無力感に捉われた。

(やっぱりダメか)

深層筋を目覚めさせても、銀蔵の体にあれ以上は無理だったか。

神秘の力は働かなかった。両脚で立たせることは出来ても、杖の支えなしでは、歩かせることは出来なかったのだ。その限界を突きつけられて、神の手どころではない自分の卑小さを、思い知った。

（南北師匠は……？）

と気になってそっと横に目をやると、銀蔵から目を逸らし、仮面のような無表情で、どことも知れぬ虚空《こくう》をじっと睨んでいる。

鞍之介は何がなしハッとした。この不世出《ふせいしゅつ》の狂言作家の、見てはいけない素《す》の貌《かお》を見てしまったように感じたのだ。

だが南北はすぐに視線を戻して我に返り、優しい表情で言った

「先生、面倒をかけましたな。このお礼はまた、後ほど……」

と短く挨拶して、外に待たせていた駕籠に飛び乗った。

十

河原崎座の千秋楽の日――。

芝居小屋の前には、南北の大当たり狂言『独道中五十三駅』の幟《のぼり》が、はためいていた。これでしばしの見納めとあって、二度め、三度めの客も多く、場内は満員の大盛況だった。

中でも華やかなのは、二階の桟敷席《さじきせき》である。

客がそれぞれ持ち込んだ緋毛氈《ひもうせん》を手すりにかけ、商家の御新造や娘たち、大名屋敷のお女中連が、色どり豊かに着飾ってずらり並んでいる。

ハタハタと団扇や扇子を使っている者、お菓子をつまみながら笑いさざめく者……で賑やかさはこの上ない。

そんな中で、そこだけ妙にくすぶった一角があった。

場にそぐわない男ばかりが四人。

手すりに緋毛氈などはなく、紺か灰色か薄茶色の小袖を纏って、居心地悪そうに座り、もの珍しそうに場内を見下ろしているご一行は、鞍之介、寸ノ吉、文平、それに蘭学者の蘭童だった。

鞍之介はもとより歌舞伎狂の蘭童も、いつもは一階の平土間での観劇で、桟敷席など初めてのこと。寸ノ吉と文平に至っては、芝居小屋に足を踏み入れたのは、これが生まれて初めてという。

当然ながら、こんな席を自前で都合出来るはずもない。

これはすべて業界の大立者である南北の手配によるものだった。

銀蔵はあの施療の結果、自力で立ち上がれるようにはなった。

杖なしでは歩けなかったのに、立てただけで涙を流して喜び、何度も頭を下げてお礼を言い続けたのである。

とはいえ南北の注文どおり、舞台の花道を歩かせるところまでは力及ばず、鞍之介は内心、忸怩《じくじ》たるものがあった。

だが銀蔵の脚が今後も立てるように、膏薬を用意し、毎日続けるための屈伸運動を丁寧に指導して、送り出したのである。

そしてその数日後、河原崎座の使いの者が、〝御一行様用〟として、千秋楽の二階桟敷への招待状を届けてくれたのだ。

しかしこんな結果となって、師匠はあの歩けない銀蔵を、一体どうやって花道に乗せるつもりだろう。

それが鞍之介には気がかりでたまらなかったが、相手は他ならぬあの南北のこと、何らかの工夫はするだろう。

下手《へた》の考え休むに似たり、後はお手並み拝見だ。

この日は、接骨院は休診とし、四人うち揃って〝芝居見物と洒落込んだ〟のだった。

桟敷席は場違い感が強く、居心地悪かったが、それも最初だけのこと。

カチカチカチ……と柝《き》の音で幕が引かれると、舞台に広がるのは、京の鴨川《かもがわ》にかかる三条大橋《さんじょうおおはし》の風景だった。

有名だが見たことのない美しい橋に、ざわついていた会場は静まり、皆は息を呑んで見とれた。

三条大橋は、日本橋から始まる東海道五十三次の、終点である。

この物語は、逆にここから始まって日本橋に至る道中で、繰り広げられる。その芝居のおもしろさに、全員があっという間に、引き込まれてしまった。

見せ場の連続に息つく暇もなく、寸ノ吉などは文字通り手に汗を握り、興奮して、つい持ち前の大声で笑ったりした。

そして、いよいよ中村銀蔵、登場の場面となった。

舞台は小田原の宿屋で、そこの主人が銀蔵の役。

ここに泊まった菊五郎分する弥次郎兵衛《やじろべえ》が、なんとか宿代を踏み倒そうと、あれこれ難癖をつける。それを受けて主人は口八丁、手八丁で反撃し、言いくるめていく。

その両者のやりとりが、笑いを誘った。

さんざんやり合った弥次郎兵衛は、口では勝ち目がないとみてか、さらにべらんめえで悪態をついた挙句、主人の脚が立たないのをいいことに、金を払わぬまま花道へとすたこら逃げてゆく。

「あな、口押しやなあ」

と主人が帳場で身悶えするうち、この場面は幕——。

……というのが、昨日までの演出だったのだが、千秋楽のこの日は、ここが全く違っていた。

十一

「あな、口惜しやなあ」

と帳場で身悶えして悔しがった銀蔵は、突然、すっくと立ち上がったのである。

場内は一瞬どよめき、水を打ったように静まり返った。

近年は脚が悪いという触れ込みで、座り芝居ばかりだった銀蔵である。それがやおら立ち上がったため、皆はのけぞったのだ。脚は治ったのか、それとも脚を支える何か仕掛けがあるのか？　それとも黒衣がそばで操っているのか。

その久々の立ち姿は、見事に決まっていた。

「三河屋！」

すかさず大向こうから声がかかる。

立ち上がった銀蔵は、やおら右足を上げて、花道に向かって一歩踏み出そうとした。

鞍之介は、周りに黒衣のいないのを見て取って、呼吸が止まりそうになった。

（ああ、危ない！）

思わず乗り出してそう叫びそうになった、その時だった。

銀蔵の身体は突然、ふわりと宙に浮かび上がったのだ。

「キャー」

という女たちの叫び声が起こった。さらに大きなどよめきが、観客がぎっしり詰まった芝居小屋を揺るがした
少々のことでは驚かない蘭童も、息を呑んだように、空中の銀蔵に目を釘付けにしている。〝宙乗り〟は元禄時代から行われていたが、そのケレンがまさかこんな場面に、出てくるとは、思いもよらなかったのだろう。

動きやすい裾細の袴を穿いた銀蔵は、おそらく連尺《れんじゃく》（肩紐）を衣装の下に着込んでいるだろう、舞台天井に設置された木製の台車から、綱で吊り上げられたのだ。

空中から追いかけられた弥次郎兵衛は、驚愕のあまり花道の半ばで腰を抜かすと、銀蔵はその上で見得を切って、威嚇《いかく》する。

そして右手と右足、左手と左足……と同じ方向に同時に力強く踏み出し、空中で六法を踏んでみせた。

「いいぞ、三河屋！」

「三河屋、日本一！」

大向こうから次々と声がかかる中を、銀蔵は悠々と気持ち良さげに遊泳した。そして再び、弥次郎兵衛が倒《こけ》つ転《まろ》びつ逃げ込んだ花道の揚幕《あげまく》に近づき、カッと睨んで威嚇する。その後一歩ずつ力強く空《くう》を踏みながら、二階席にしつらえられた揚幕へ進んで、消えていく。

（たいした見せ場だ）

鞍之介は思わず蘭童の顔を見た。

蘭童は頷き、共々に鳴り止まぬ拍手に加わった。

今日の銀蔵には、地味な脇役者の面影はかけらもなかった。力みもワザも超越し、流れ星のような輝きを放って夜空を飛んで、皆を大いに惑わせた。

この一瞬の光芒《こうぼう》のために、銀蔵は長い、地味な、苦労多き役者人生を駆け抜けてきたのだと思った。

これをどこかで見ている悪戯好きの南北の、満足げな顔が目に浮かぶ。

〝空中で六法を踏む〟などという奇天烈《きてれつ》なことを捻り出した師匠の胸中を、しばし思い巡らす鞍之介だった。

引退した二代目中村銀蔵は、贔屓筋への挨拶回りを済ませた後、誰にも告げず、杖を頼りにひとり四国遍路に旅立った。

その後の消息は聞かず、江戸市中でその姿を見かけた者もいない。

時代小説

二見時代小説文庫

妖《あや》し川心中《がわしんじゅう》　大川橋物語《おおかわばしものがたり》2

二〇二五年　二　月二十五日　初版発行

著者　森《もり》　真沙子《まさこ》

発行所　株式会社　二見書房
〒一〇一-八四〇五
東京都千代田区神田三崎町二-一八-一一
電話　〇三-三五一五-二三一一［営業］
　　　〇三-三五一五-二三一三［編集］
振替　〇〇一七〇-四-二六三九

印刷　株式会社　堀内印刷所
製本　株式会社　村上製本所

落丁・乱丁本はお取り替えいたします。定価は、カバーに表示してあります。

 ISBN978-4-576-24110-4
https://www.futami.co.jp/

氷月 葵

密命 はみだし新番士

シリーズ

以下続刊

① 十五歳の将軍
② 逃げる役人

十八歳の不二倉壱之介《ふじくらいちのすけ》は、将軍や世嗣《せいし》の警護を担う新番組の見習い新番士。家治《いえはる》の逝去によって十五歳で将軍の座に就いた家斉《いえなり》からの信頼は篤《あつ》く、老中首座に就き権勢を握る松平定信《まつだいらさだのぶ》の隠密と闘うことに。市中に放たれた壱之介は定信の政策を見張り、町の治安も守ろうと奔走する。そんななか、田沼家に仕官していた秋川友之進《あきかわとものしん》とその妹紫乃《しの》と知り合うが、紫乃を不運が見舞う。